「結奈さんは部活とか
されたことはないですか？」
しだけバスケしてた。
う興味なくなったから」
…で寂しげな笑みを向けた。
高《たか》森《もり》結《ゆ》奈《な》
小《こ》日向《ひなた》凛《りん》
姫《ひめ》川《かわ》沙《さ》羅《ら》

「お返しなら、これからも
私とお友達でいてください。ね？」

「どうですか？
お兄さん、これが私の私服です」

「……バスケ、本当は好きなんじゃないですか？」

立ち止まって結奈は静かにこちらを振り向く。

「……ううん。そればっかりはないよ」

そう答えた結奈の顔は
どこか寂しそうに晴也の目には映った。

なぜかS級美女達の話題に俺があがる件2

脇岡こなつ

角川スニーカー文庫
23922

CONTENTS

story by wakioka konatsu

illustration by magako

nazeka
S-class bizyotachi
no wadai ni
ore ga agaru ken

プロローグ

ずっと光の中を進んでいる気になっていた。

自分が走っている道に間違いなんてなくて、その先には輝かしい未来が必ずあるんだって、ずっと信じ続けてきた。

別に孤高の存在になりたかったわけじゃない。

わたしが信じる道を進んでいけば勝手に仲間はついてくると思っていたのだ。

実際にわたしには大勢の仲間ができた。

わたしの後をついてくる仲間は自然とできていた。

だからわたしは尚更《なおさら》自分の道を信じることができた。

この道は間違ってなんかないんだって、そう強く思えたんだ。

だけど、二年前にわたしは思い知ることになった。

この道の先は決して光なんかじゃないんだってことを。

自分の信じ続けてきた道が信じられなくなったとき、わたしの後ろにはもう誰もいなかった。
気づけばぽつんと一人置いてけぼり。
ついてきた仲間はとうにわたしから離れてしまっていたのだ。

（……ああそっか）

心の中で急に冷めた自分がいることに気づいた。
自分がただ空回りしていたことを思い知らされたのだ。

（本気で頑張って何になるの……それってださい。ほどほどでいい……）

どうせ誰もついてこないのだから、一人で頑張ってもどうしようもない。
わたしは自分の道を捨てることにした。
進み続けば光の彼方《かなた》が広がっていると信じていた自分の道を。

――だから、わたしはバスケが嫌いになったんだ。

第一章　S級美女達と部活動

nazeka
S-class bizyotachi
no wadai ni
ore ga agaru ken

燦々《さんさん》とした太陽が放つ熱気は教室中を支配していた。

窓を開けて換気をしているとはいえ、多くの生徒が自分の手をうちわ代わりにして扇《あお》いでいる。女子生徒の中には丁寧に下敷きで扇いでいる者も確認できた。

——六月。

梅雨の気配が漂う時期となったが、今日は特別暑い日だ。

赤崎晴也《あかさきはるや》は額に汗を少し滲《にじ》ませながら、机で寝たフリを決め込んでいた。

じめじめとした気持ちの悪い暑さに頭を抱えそうになっていると、楽しそうな三つの声が席近くから頭に響いてくる。

「————あっつ〜い。結奈《ゆな》りん、風ちょうだい」

「面倒なんだけど……。しょうがないか。沙羅《さら》は暑くない？」

「結奈さん、お気遣いありがとうございます。……えっと、私は大丈夫です」

と、言いつつも沙羅はパタパタと手で控えめに風を自分に送る。

そんな沙羅を見かねて凜《りん》が口を開いた。

「沙羅ちん、遠慮する必要ないって。……そうだ結奈りん。皆で風、送りあお！」

「確かにそのほうがいいかもね」

「……分かりました！」

結奈が沙羅へ、沙羅が凜へ、凜が結奈へと風を送りあう。

彼女ら三人、クラスの高嶺《たかね》の花《はな》であるＳ級美女達は風を送りあうだけで絵になっていた。

実際のところ、一部の同級生達はそんな彼女達の何気ない光景に男女問わず目に光を宿している。

晴也の席近くのそこかしこで「今日も凜々《りり》しい」「ナイスバディ」「透けてないか？　透けてないか？」などとはしゃいでいる生徒の声が聞こえていた。

そんな生徒達の声に呆《あき》れながら晴也は眼《め》を閉じているが、控えめに後ろから肩を叩《たた》かれ振り返る。

「なーにあの三人に見とれてるんだよ、赤崎」

後ろの席の風宮佑樹《かざみやゆうき》が白い歯を覗《のぞ》かせていた。

「見とれてなんかない。今ちょうど寝ようと思ってたところだ」

「うそくさいな〜。ほら、姫川《ひめかわ》さん今こっち向いたし」

「え!?」

思わず晴也は呆《ほう》けた声を漏らしてしまう。

——姫川沙羅。

ここ最近、彼女の名前に晴也は必要以上に敏感になってしまっていた。

ある事情からクラスで空気を演じている晴也だが、彼は本人の意図することなく、沙羅と交流を深めてしまったのだ。

おまけに彼女に自分の正体もバレてしまい、晴也はハラハラドキドキな学園生活を送る羽目になっている。晴也にとって沙羅の存在は頭を悩ませるものであった。

晴也はすかさず沙羅のほうへと視線を向けたが、彼女の視線はこちらには向いていない。楽しく他のS級美女達と談笑中のようだった。どうやらかまをかけられたらしい。

「風宮……」

「ははは、引っかかったな。やっぱり赤崎、お前姫川さんのこと気にかけてんだろ」

「……っ」

ニヤニヤと悪びれない笑みに思わず苛立《いらだ》ってしまう晴也。

何度も違うと口にはしているが、どうにも風宮は勘が鋭い。

これ以上の問答は危険だと判断し前に向き直ると、ちょうどクラスの担任である常闇明《とこやみめい》香《か》が教室へと足を踏み入れてきた。

高身長でキリっとした目つきには厳しさが見て取れる、そんな教師だ。

生徒達は静かに固唾を飲んで息を潜めた。

明香は生徒達の視線が一通り自分に集まったのを確認してから口を開く。

「おはよう、今日は早めのホームルームとする」

時刻を確認すればいつもより十分ほど早い時間だった。

何かしらの伝達事項があるのだろう。

明香の発言を聞いた生徒達は続々と自分の席へ戻っていく。

そんななか、晴也は自分の高鳴る心臓に手を当てて内心、冷や汗をだらだらと流していた。

（……姫川さんの話を振られるとどうにも動揺が隠せない。さっきはやばかったな……ホントに）

おかげさまで眠気が一気に吹き飛んでしまった。それほどまでに晴也にとってはセンシティブな話題。あまり突っ込んでほしくない話。

だいたい、なぜ風宮はこうもからんでくるのか……。

晴也はお世辞にも学校にいる時は人当たりがいいとは言えない。

声を掛けられても素っ気なくしているつもりだし、むしろ人当たりなんて悪いほうだ。

なるべく存在感を消し『一人にさせろ』と言わんばかりの負のオーラを放っている。

それを増長させるかのように前髪は視界を覆っており、視線も人と合わせない。

そんな晴也に毎日声を掛け続けてくる生徒、それが後ろの席の風宮佑樹という男子生徒であった。

（風宮はクラスで浮いているわけでもないのに、変わり者なんだろうな……。そうじゃないと俺のことが好きとしか思えないぞ。え、まさか好きなのか？　俺のことが）

違うに決まっている。

バカげた冗談を鼻で笑いながらチラッと教壇のほうへと目をやった。

そこには先生が伝達事項を伝えている姿が確認できる。

聞き流す程度に晴也は話を耳に入れた。

「………例年よりどこも新入部員が少ないらしくてな。まだ六月だ、遅くない。部活に所属してない生徒はなるべく部活に入るように。強制はできないが青春は今しかないぞ？　あの頃、部活をしていたら素敵な出会いがあったかもしれない。そんな後悔はしたくないだろう？　私だってあの頃に戻れるなら……は、はは」

どこか病み気味に明香は毒づく。

なんだろうか、担任は相当『青春』を羨んでいるようだ。

それはともかく。

彼女の話を整理すると……ほとんどの部活で新入部員の数が少なく困っているらしい。

だから部活に入るように一年生にこうして呼びかけをしているようだ。

元々、栄華高校《えいがこうこう》は進学校であるからか、特別実績を残している部活は聞いたことないが、学校としては部活に精を出してもらいたいらしい。

（……おいおい先生から闇しか感じない）

（きっと婚期を逃して焦ってるよ……あれは。青春を恨めしく思ってるもん、常闇先生）

生徒達が男女問わずそんな担任の闇を感じていると、それを悟ったのか明香はわざとらしく大きめの咳《せき》ばらいをしてから続けた。

「……まあ、とにかく部活に入っていない者は部活の参加を検討することだ。今の時期からなら遅くない。連絡は以上だ。一限の準備をしてくれ」

コッ、コッとヒールの音を響かせながら明香は教室を後にする。

担任の姿が見えなくなったのを確認してから生徒達は騒ぎだした。

「……部活なぁ。運動部は俺、無理だわ」

「そういえば、あんたってテニス部だったよね。新入生どれくらい入ってるの？」

「俺は入るとしても文化系かな」

と、いった具合で部活に興味があるのかどうか、そして入るのかどうか。

担任である明香の発言に影響されたのだろう。教室は部活動の話で満ちていた。

生徒達は一限の準備を進めながら談笑を始めている。

その中でも一際、鈴が鳴るような声が晴也の席近くから響いてきた。

「――部活だってさ。沙羅ちゃんとか結奈りんは興味あったりする？」

「私は考えたことがなかったです。結奈さんはどうですか？」

「……っ。ううん、私も興味ない感じだから」

小日向《こひなた》凛、姫川沙羅、高森《たかもり》結奈、クラスの一部から『S級美女達』と呼ばれるほど絶世の容貌を持つ三人のことである。

晴也は机に顔を突っ伏しながら、彼女らの話をぼんやり聞いていた。

別に盗み聞きしたくてしているわけではないのだが、耳に入ってくるのだから仕方がない。

（……それにしても、部活動か）

別にどこの部活に加入する気もない。

答えは最初から決まっている。

少し前の中学時代の記憶。

その苦い記憶が頭の中を過り、晴也は下唇を噛《か》んだ。

嫌な思い出を振り払うために頭を左右に振るが、S級美女達の話が続く。

「――皆、部活に入る気はないって感じか～。私はバイトでそんな余裕ないし、沙羅ちゃんは沙羅ちゃんで恋しててそんな余裕ないもんね♡」

したり顔で沙羅を揶揄《からか》う凛。

沙羅は頬《ほお》を少し紅潮させてから誤魔化《ごまか》すように結奈に話を振った。

「……そ、そんなんじゃないですけど。結奈さんは部活とかされたことはないですか？」

「あっ、今ぜったい誤魔化した。相変わらず可愛《かわい》いね！　沙羅ちん」

沙羅に抱き着きながら凛は結奈のほうに意識を向ける。

沙羅と凛、二人の視線が結奈へと注がれたが、彼女はどこか様子が変だった。

結奈は先ほどから憂いを帯びた表情であまり会話に乗り気でないのだ。

現に結奈は息を一つ呑《の》んでから、「中学の時に少しだけバスケしてた。けどもう興味なくなってそれっきり……」と諦観の表情で寂しげな笑みを向ける。

（……っ、これはあまり触れないほうがよさそうですね）

（うん、明らかに結奈りん、動揺してるし）

沙羅と凛は互いに見合って頷《うなず》く。

結奈の言葉を受けて沙羅と凛が感じ取ったのは、結奈の触れてはいけない部分が部活に直結しているということ。

今の結奈の様子から、過去に部活で何かがあったことは彼女達から見ても明らかであった。

晴也がそんなやり取りを聞き流していると、また肩をトンと後ろから叩かれる。

相手は確認するまでもない。

重い身体を起こしながら向き直った。

「うわっ、すごい嫌そうな顔するな、赤崎は」

風宮佑樹、後ろの席のクラスメイトである。

「だったら声かけてくる必要ないだろ」

「いや、それはできないな。嬉《うれ》しいことに」

「残念なことに、の間違いじゃないのか？」

「ははっ、それで、本題なんだけど赤崎は部活入りたいとかないのか？」

また姫川さんとの繋《つな》がりを疑ってきたり、Ｓ級美女達のことを聞いてきたりするかと思ったが、どうやら違ったようでほっと安堵《あんど》の息を零《こぼ》す。

「……部活なら興味ないな」

「中学の時は何かしてなかったのか？」

どこか含みのある声で言われて晴也は思わず喉を詰まらせる。

「……別に」

風宮の問いかけには答えずに晴也は曖昧に濁した。

そんな晴也の様子を見て風宮は「ま、いっか」とだけ呟《つぶや》く。

正直なところ、部活の話は晴也にとって触れてほしくないものだ。

なぜなら部活が晴也を今の晴也へといたらしめた理由そのものだから。

家族や友達、それを引き裂いたもの、それが部活へと直結してしまっているのだ。

嫌な記憶が部活という言葉に詰まっているから……。

思わず冷や汗を流し顔を強張《こわば》らせていると、風宮はニヤニヤとした笑みで続けた。

「あれ、姫川さんがこっち見てるぞ」

「え？」

風宮の声で意識が覚醒するも、きっとまたいつもの冗談だろう。そうに違いない。

「もうその手には乗らない」

「いや、ホントにこっちをチラチラ見てるって」

「そんなわけ……」

と、言いつつ振り返って沙羅の席へと晴也が視線を向けると、ぱち、と目が合った。

（……そんなわけあったわ）

もっとも、沙羅からしてみれば視線が合ったといえども晴也の長い前髪を視認しただけだろうが……。

「……っ」

沙羅は視線が合ったことを確認すると即座に晴也から目を逸《そ》らした。

「赤崎、俺は応援するからな」

「いや違う……これは違うぞ」

晴也は否定しながら前に向き直った。

戦略的撤退である。

もしここで必死に取り繕ってしまえばボロを出してしまうのがオチ。

風宮は勘が鋭い。侮ってはいけない相手なのだ。

と、晴也は内心で自分自身に言い聞かせながら再び机に顔を突っ伏す。

寝たフリを継続しようとしたタイミングで鈴の音が耳を揺らした。

「――そういえば沙羅ちん、今、乙女の顔してるけど、恋模様はどうなったの？」

「……え、えっとその話題は禁止です!!」

「え〜、ね、結奈りんからも何か言ってみてよ」

「あっ、うん。沙羅、進展があったら教えてね」

「そ、それは……は、はい」

人差し指をツンツンと合わせながら上目遣いで答える沙羅。

そこからは雑談を交わすＳ級美女達であったが、結奈はどこか空元気だった。

＊＊＊

屋上のアスファルトは熱を帯びていた。

じめじめとした湿気のある暑さが身体全体を侵食してくる。

昼休みを迎えた晴也は人目を気にしながら、屋上へと辿《たど》り着《つ》いていた。

基本的に屋上は立ち入りが禁止されてしまっているが、鍵が壊れているのをいいことに晴也は度々、屋上へと足を運ぶ。屋上から見える最高の景色と空気を堪能するためだ。

もっとも、今日屋上へと来たのは別の理由からなのだが。

「――赤崎さん、お待ちしてました」

「……あ、ああ」

すでにクラスのS級美女の一人である沙羅が屋上へと足を運んでいた。

実は晴也の正体が沙羅にバレて以来、こうして晴也達は定期的に屋上に集まることにしている。内心でため息をつきながらも晴也は沙羅の隣に座った。

(意識しないようにはしてるけどさ、姫川さんのことあまり直視できないな……)

晴也は少なからず沙羅を異性として認識し始めていた。

というのも、沙羅のお見合い問題を解消した一件で晴也は沙羅に頬へキスをされてしまっているからである。あんな刺激的なもの……忘れられるわけがない。

あくまで感謝の証《あかし》としてのキスだったらしいが、それが嘘《うそ》なのを晴也は知っていた。

胸に手を当て心を落ち着かせながら、晴也は弁当箱を開ける。

「――えっ、弁当持って来られてたんですか？」

「あ、ああ。いつも姫川さんが具材を分けてくれてたから悪いと思ってさ」

「そ、そんなっ……お気遣いなんてしていただかなくても」

晴也はこれまで沙羅に弁当の具材を分けてもらっていた。

昼食時にこうして屋上に集まるようになってからは、晴也の不摂生な食事を見かねてか、沙羅はお節介を焼いていたのだ。

晴也はその恩を返すべく今度は自分の弁当を分けることを考えた。

（まあ、普段から弁当分けてもらってたしこれくらいは返さないとな……）

弁当の中を見ると、沙羅は目に光を宿して口を開く。

「……もしかして手作りですか？」

「ま、まあ。一部は冷凍食品使ってるけど。もしお返しで弁当が嫌だったら他の物にするから遠慮なく言ってほしい」

「……い、いえ。これが良い……です」

俯《うつむ》きながら沙羅は静かに答える。

「じゃあ好きな具材を良かったらどうぞ」

今日作った弁当は沙羅のために作ってきたものだ。

晴也自身が食べるために作ってきたものではない。

あくまで自分のメインディッシュはサンドウィッチ。

今朝コンビニで買ったものである。

「では、その、いただきますが……私は少しで十分です」

「遠慮はしなくても……」

「そうじゃなくて……赤崎さん、またコンビニの物で済まそうと考えてませんか？」

沙羅はジト目で晴也を見つめた。どうやら全てお見通しだったらしい。

確信を持った言いように晴也は大人しく観念する。

「赤崎さんのことはお見通しです。なので私の弁当と交換しながら食べましょう」

「……いや、でもそれだとお返しの意味が」

「お返しは不要と言ってます。私がしたくてしてることですから」

「でもなあ……」

それだとこっちの気が済まない。

そんな晴也の気持ちも分かっているのか、沙羅は「では」と人差し指を立ててから言った。

「お返しなら、これからも私とお友達でいてください。ね、赤崎さん？」

「……っ。そ、そんなことでいいならいいけど」

眩《まぶ》しい笑みでそう言われては『嫌です』と否定ができない。

（ちくしょう、美少女の笑顔はやっぱり反則だ。そんな純粋そうな目で俺を見ないでくれ！）

沙羅は夢見る乙女であるため恋には盲目だ。

だからこそ晴也を疑うことなく信じ切った顔を彼女は向けてくる。

それが何よりも晴也の心に刺さった。

「……それと、赤崎さん」

「は、はいっ！」

普段とは違った声音の沙羅に思わず背筋を伸ばす。

「あ、あのっ……教室ではずっと寝てるみたいですけどあれってフリですか？　それとも本気のやつですか？」

ホームルームや休憩時間。

授業時間以外では机に顔を突っ伏しているのが晴也の習慣だ。

沙羅は真剣そのものといった表情で聞いてきた。

（顔、顔が近いって……姫川さん）

詰め寄ってきた沙羅に動揺し思わず考えなしに「寝たフリ」と正直に答えようとするが。

（いや待て。ここで寝たフリと答えたらどうなる？　姫川さんが俺のことをクラスの友達に話していたのを俺が知っていると答えるようなもんだ……）

晴也はギリギリ冷静に状況を俯瞰《ふかん》できた。

これまで沙羅は他のＳ級美女達との話題の中で、晴也のことを「運命の相手」だとか、「理想的」だとか「カッコいい」だとかを教室で零している。

それを当の本人にバレてしまっていると沙羅が知れば……。

想像しただけで身の毛がよだった。

(もし俺が姫川さんの立場だとしたら……恥ずかしくて死ぬ。間違いない)

あなたのことが大好きです！　と遠回しに告白しているようなものだからだ。

晴也は慌てて取り繕った。

「い、いやぁ……本気で寝てるにきまってるから」

「なぜそこでドヤ顔なんですか……」

わからない。分からないが晴也は胸を張って答えていた。

ちなみに『本気で寝てる』って何を言っているのか自分でも良く分かっていない。

勢いに任せて晴也は続ける。

「ちゃんと授業時間以外は寝てる。睡眠は大事だからな」

「そ、そうですね……睡眠は大事です」

目を見開いて沙羅はボソッと「……良かった」と零し胸に手を当てる。

そんな沙羅の姿をどこか安堵した様子で晴也は見つめていた。

(良かった……窮地は何とか逃れられた。これからは教室で俺の話題が上がらないことを

祈るしかないな)

内心でそう神頼みする晴也。

目立ちたくないモブにとって、注目の的であるＳ級美女達の話題に上がることだけはどうしても避けたいのだ。

だが、晴也の願いとは裏腹に沙羅は内心でこう思っていた。

(良かったです。赤崎さんに恋バナが聞かれていないようで。少し不安だったんですけど、ドヤ顔をするほど本気で寝てるってことですよね。でしたらもう少し踏み込んだ恋バナを凜さんや結奈さんにできますね……あぁ、好きな人の話ができるって嬉しいものです)

晴也は知らない。

これからいつも以上にハラハラドキドキの学園生活を送る羽目になることを。

そんなこととは露知らず。

晴也はなるべく早く自分を過大評価していることに沙羅に気づいてほしいと願うほかなかった。

(ま、まぁ……クラスで正体をバラさない言質は姫川さんからすでに貰《もら》ってるわけだしな。今の姫川さんから、露骨に嫌われようとしたり距離を取ろうとしたりしたら、それはそれでＳ級美女達の話題に上がってクラスに居づらくなるだろう)

「うっわ。姫川さんの好きな相手って思わせぶりな態度取っといてクズだったみたいよ」

「最低だろ。絶対許さん……」

「姫川さんが振り向いてくれたのにか！　見つけ出して殺す……！」

「女泣かせるとかとんだ鬼畜野郎だな」

みたいな。

そんなクラスでの会話がありありと想像できてしまった。

そうなれば、クラスの居心地は最悪になってしまうだろう。

「理想的」「カッコいい」などはまだ恥ずかしい程度に気持ちは留《とど》まるが、「最低」「クズ」などはあかんやつだ。命の危険を感じてしまう。

それにモブのメンタルはそこまで強くないのだ。

——というわけで。

（これから姫川さんとは普通に接していけば問題ないな）

あくまで自然体で接する。

そうすることで沙羅の自分への評価は改善されるはずだ、と晴也は呑気《のんき》に考えた。

互いの弁当の具材を交換しながらお昼時を過ごす晴也達。

ぱくぱくと、卵焼きを頬張りながら沙羅は晴也のほうへと視線を向けて口を開いた。

「そういえば、赤崎さんって何か部活入ってますか？」

唐突な『部活』の単語に晴也は一瞬喉を詰まらせた。

「いや、入ってないよ。ちなみに入る予定もないな。姫川さんは？」

「私も入ってないですし入る予定もないです。ただ憧れはあります」

晴天の青い空を見上げて沙羅は続けた。

「部活は先生もおっしゃられてましたが、青春の一ページだと思います。友情に揺れ動く恋。両立させながらやっていくのは運動系でも文化系でも楽しそうです。そうは思いませんか？　赤崎さん」

日光も相まって木漏れ日のような笑みを向ける沙羅に対して、晴也は感情を押し殺した声音で呟いた。

「友情と恋が部活で両立？　それはあり得ない」

「え……」

晴也の雰囲気が暗くなったからだろう。

沙羅は目を見開いて固まった。

「あっ、えっと……ごめん」

「い、いえ……」

気まずい空気を作ってしまったことに晴也は罪悪感を覚えた。

それ以上に昔の記憶が頭を支配している感覚に気持ち悪さを隠せない。

(落ち着け……部活はもうしないんだから。落ち着け)

何度もそう自分に言い聞かせる晴也の横顔を沙羅は静かに見つめる。

(……赤崎さんが抱えてるものって部活動が関係しているんですね。恐らく結奈さんも一緒。私に助力することができたらいいのですが)

沙羅は自分の失言を悔いながら拳をぎゅっと握り込んだ。

＊＊＊

昼休みに失態を見せたこと以外では、特に何事もなく放課後を迎えた。

今日は部活動の話題が多かったからか、過去の嫌な記憶ばかりが蘇《よみがえ》ってしまう。

靴箱に向かいながら窓の外を見やれば、どこぞの運動部がランニングに精を出していた。

——いち、に、いち、に。

統率の取れた複数の声が晴也の耳に響いてくる。

(はあ、何も考えずに帰ろ。そして少女漫画で癒《い》やされよう……)

視界を覆うほどの長い前髪は学校という場所では心を落ち着かせてくれる。

一階のエントランスに着くと、自分の靴箱の前で何やら話し込んでいる二人の生徒の姿が目に入った。

（……あの、そこどいてもらわないと帰れないんですが）

そう内心で呟く晴也だが、二人はどうやら口論をしているようで近づけそうになかった。

晴也は遠目で様子を窺う。

「――高森、あのさ……あんたバスケ続けてないの？」

「小野井《おのい》、どうしてここに……」

どうやら小野井と呼ばれた生徒は別の高校の生徒のようだ。

うちの高校の制服ではなく見知らぬ制服を着ているため間違いないだろう。

「栄華《えいが》と今度、試合することになってさ。うちの顧問と挨拶しにきたところの帰りなんだ。私は自転車で来てて先に先生は車で帰っちゃったから」

「そ、そう……」

「帰るついでにまさかばったり出くわすなんて思わなかった。それで高森、話戻すけど、バスケもう辞めちゃったの？」

「………うるさい」

今や別々の高校となってしまったが、お互い旧知の仲でバッタリ再会。そして修羅場。

状況を整理するとざっくりこんな感じだろうか。

（……重い。入っていける空気じゃない）

この空気のなかで『あの～すいません』と水をさすようなことはできなかった。

あの場にいる二人から鋭い視線が飛んできそうだ。考えただけでも恐ろしい。

（あの……俺の靴箱の前で修羅場するのやめてください！）

そう内心で叫びながら晴也は苦笑いを零すほかない。

少し様子を見守ると、高森と呼ばれる栄華高校の生徒が「どいて」と強めに言って他校の生徒の横を通り過ぎていった。

「……高森、私はあんたと勝負したいよ」

「今更、どの口が……」

と、それだけ言い合って高森は去っていく。

残された他校の生徒も遅れて拳をぎゅっと握り込みながら、どこか悔しそうにその場を後にした。

（……一体全体、あれは何だったんだ？）

突っ込みたい気持ちはやまやまだが、ただバスケ部と聞いて懐かしい気持ちが湧いてくる。

瞬間、過去の記憶がリフレインした。

しなやかな動き。洗練された技術。チームを纏《まと》めるカリスマ性。

中学の頃、バスケの試合を見に行った時に一際輝いていたある選手を晴也は思い出していた。

部活への熱を失っていた時に自分に熱を届けてくれたあの選手のことを……。

その熱に浮かされた当時は、がむしゃらに部活を頑張ることができたのだ。

しんみりと懐かしい気持ちに浸りながら晴也は帰途に就くと、スマホがズボンの右ポケットの中で振動する。

取り出して通知を確認すれば新規の連絡が入っていた。

Nayu：突然で悪いんだけど明日って暇？　オフ会したくなってさ
Haru：本当に唐突だな。暇だし全然いいけど

今日は金曜日であるため、明日は土曜日。

学校自体は休みであるし特にこれといった用事があるわけでもない。

そのため Nayu からの誘いはむしろ有難かった。

（……Nayu さん、相当面白い少女漫画でも見つけたんだろうな。俺も明日までにオススメの少女漫画、整理しとかないと）

部活の話題で湿っぽくなった空気が Nayu のおかげで澄んだため、晴也はひっそりと彼女に感謝した。

＊＊＊

その日の夜。

晴也は行きつけの喫茶店に一人、赴いていた。

学校に行く際はだらけたままの陰の姿で登校するが、外出の際はお洒落《しゃれ》をしてから外に出る。

晴也はお洒落を決め込んだ裏の顔で喫茶店へと訪れた。

木製の古びた扉を開けて入店すると、見知った店員が律儀に
「いらっしゃいませ♪」

と、鈴を転がすような声音で挨拶をしてくれる。

晴也は常連客として認知されているため店員の顔見知りは多い。

店内は少し閑散としていて晴也以外の客は数名しか確認できなかった。

「……お待たせしました。ご注文はどうされますか？」

「いつものでお願いします」

「はい、かしこまりました」

ちなみに晴也の「いつもの」商品はカルボナーラとコーヒーのセットである。

この店のコーヒーは特に香りが良く、晴也はそのコーヒーの深みを求めてこの店を訪れるのだ。

もっとも、それ以外にもこの喫茶店に立ち寄るのには理由があった。

それは店員の中でも歳《とし》が近く晴也にとって数少ない仲の良い者がいるから。

「そ・れ・で、私に会いに来てくださったんですよね、お兄さん？」

休憩時間や暇な時間、そしてあがった時間に晴也が店内にいれば、その店員は晴也の席までやってきてはこうして談笑する。

華奢《きやしや》な身体に人形のような顔立ち。

そしてその身を包むモノクロカラーのメイド服。

喫茶店で一番お世話になっている店員――小日向。

互いに適度な距離感を取るためとして……晴也は彼女の名前を知らない。

知っているのは苗字《みようじ》だけ。

そして彼女は『お兄さん』呼びで統一しているため晴也の名に関して何も知らないでいる。何度も談笑する間柄だが異質な関係といえるだろう。

だが、そのプライベートに踏み込みまない関係性を晴也は心地良く思っていた。

「あれ、どうしました？　お兄さん。ひょっとして私に見とれてます？」

「……いや、違ったらごめん。小日向さん何かあった？」

確信があったわけではない。

ただ今日の彼女はどことなく元気がないように感じたのだ。

「……あれ、マスターにも誰にも気づかれなかったのに。やっぱりお兄さん凄《すご》いね♪」

ニヤリと小悪魔じみた笑みを作ってから続ける。

「私のこと好きだったりしますか？」

「バカなこと言ってないで、力になれるなら言ってほしいな。解決はできないと思うけど話すだけで楽になるとは思うから」

コーヒーのカップに口をつけて啜《すす》ると、彼女——小日向は不満があるのか少しだけ頬を膨らませる。

「そこは解決できないと思うじゃなくて、解決してみせる、じゃないですか？」

「そんな無責任な発言するほうがタチ悪いと思うけど」

「ま、お兄さんはそういう人ですよね。でもどうして相談に乗ってくれるんですか？」

きょとんと瞳を見開いて純粋に小日向は尋ねてきた。

「俺はいつも相談に乗ってもらってるからな。そのお返しっていうか」

「……あ、なるほど。でしたら相談に乗ってもらえると嬉しいです！」

いつも晴也は相談に乗ってもらっている立場だ。

特に沙羅のお見合いの一件での彼女の助言は助かった。

今度はこちらが小日向の相談に乗る番だろう。

晴也は親身になることを心掛け、小日向の話に聞き入った。


彼女の悩みは一言で言ってしまえば、友達の触れてはいけない部分に触れてしまって後悔しているといったものだった。

聞くに、今日の学校で部活動の話題が先生からされ、クラスの友達とその話をしたらその友達が嫌な顔を一瞬浮かべたとのことだ。

普段は一緒に帰っているのにその彼女に断られてしまったこと。

そこまで気にする内容ではないと感じつつも、晴也は違和感を覚えた。

（……クラスで部活動の話題か。あれ、なんか心当たりがあるような気もするけど……気のせいだよな）

「その友達があまり触れてほしくなさそうだったなら、掘り返さずにいつも通りでいればいいと思う」

「……ん、そうですね。誰だって触れてきてほしくない部分はありますもんね～」

どこか自嘲するような口調で小日向は頷いた。

「小日向さんも色々苦労してるんだな」

きっと彼女も人には言えない悩みや葛藤を抱えている。

それは先ほどの表情から見てとれるものだった。

「お兄さん、あれ……なんで今日はそんなに優しいんですか？　私の個人情報は苗字が小日向ってことしか教えないですからね。ってか、そろそろお兄さんの個人情報教えてくださいよ」

悪戯《いたずら》っぽく彼女は笑った。

自分の情報は明かさないのに他人の情報は欲しがるのは身勝手もいいところだろう。

だが、小日向の踏み込みすぎない性格を晴也はかなり気に入っていた。

「教えない。お互いそのほうがいいだろうしな」

「うん、そうです。でも、この間の相談相手とかさ、もし彼女できたら教えてね？」

この間の相談相手、というのは沙羅のことだ。

「はいはい」

適当に晴也は返事をする。

そうして晴也は小日向と何気ない時間を過ごした。

＊＊＊

——古い記憶の断片を見ていた。

これは中学の頃の……二年前の話だ。

部活をしていたころの嫌な記憶。

周りの部員達が晴也のことを部室で語りあっている。

それを晴也はドアの前で聞いてしまっていた。

『……あいつのせいじゃん』

『俺達が負けたのってあいつのせいだよな』

『……ホントどうしようもないやつだよ』

『っていうかさ。赤崎って才能あるやつのことしか目に見えてないんだよ。才能ないやつの気持ちなんか分かんないだって』

『……もうただの暑苦しいやつでしかない』

違う。

ただ晴也は真っすぐ陸上を頑張りたかっただけなのだ。

下心なんてなく、ただ真っすぐに……。

『俺は……』

声を震わせながら晴也が部室に入ろうとしたところで――。

ザアアアアアアアア。

途端、ノイズが走り場面が切り替わる。

場所は……グラウンドだろうか。

楽し気に晴也を中心として三人がグラウンドを駆け回っている。

その後ろを他の仲間達が背中を追うようについてきていた。

……楽しかったんだ。

こいつらとなら高みを目指せると思った。

両脇にいる二人と切磋琢磨《せっさたくま》する昔の自分の姿が今も輝いて見える。

……が、走り込むうちに両脇にいた二人は気づけば晴也のもとから離れていた。

それを境に他の仲間達が白い目で晴也を見つめてくる。

晴也はぽつんと一人だけの世界に放り出された。

そして浴びせられる非難の視線と言葉の雨。

(もうやめろ。これ以上はやめてくれえええええええええ)

＊＊＊

ばさっと、布団をはねのけて晴也は飛び起きた。

息が荒く、さきほどまで相当うなされていたことが窺える。

「ゆ、夢か………」

何度か深呼吸を繰り返して心を落ち着かせた。

それにしても、と晴也は振り返る。

（なんであんな嫌な記憶が夢に出てくるんだよ……部活の話が昨日多かったからか）

おかげさまで部屋着は汗で少し湿っていた。

時刻を確認すれば十一時を回っている。

夜遅くまで少女漫画を読み耽《よふけ》っていたからか、かなり遅めの起床となったようだ。

スマホには少女漫画好きの同志 Nayu から連絡が入っていた。

今日は土曜日。

Nayu とのオフ会当日である。

（気分も少し落ちちゃったからな。Nayu さんとの少女漫画の話で気分をリフレッシュしよう！）

晴也は急いで身支度を済ませた。

＊＊＊

晴也は比較的ラフな恰好で小洒落《こじゃれ》たカフェ＆レストランへと来ていた。

食事も楽しめるカフェ、がコンセプトの飲食店。

普段のオフ会では、お互い学生ということあって場所はファミレスが中心であったが、どうやらお財布に優しいお洒落な穴場のお店を、最近 Nayu は見つけたそうだ。

というわけで、本日は Nayu オススメのお店が待ち合わせ場所となり晴也は先に到着した。が、数分も経《た》たぬうちに Nayu が姿を現した。ヒールにベレー帽、そして新緑のカーディガン。黒髪は腰まで靡《なび》かせサングラス姿もサマになっている。

モデル雑誌の表紙を飾るほど、色気を醸し出す大人な女性の雰囲気が Nayu からは漂っていた。

「……ごめん、お待たせ」

「ついさっき俺も着いたとこだから」

「そっか。今日の Haru さんはカジュアルな服みたいだね。前の私と一緒だ」

以前のオフ会で Nayu さんはパーカーでラフな恰好をしていたから、きっとそのことを言っているのだろう。

「確かに、Nayu さん今日は気合い入ってて似合ってる」

「ん？　今日『は』？」

「変な圧かけないでって。ごめん、今日も似合ってる」

「ん、よろしい」

「でも今日は一段と気合い入れてるようだけど、何かあったの？」

「いや、ちょっと昨日いやなことあったからさ……おめかしに気合い入れて誤魔化してた」

「そ、そうだったんだ」

「ん、だから今日は悪いけど私の愚痴に付き合ってもらうから」

「Nayu さん、普段そういうプライベートな悩み言わないしなんか怖いんだけど。そもそもプライベートな話は控えるってルールじゃなかったけ」

　彼らのオフ会には二つのルールが設けられている。

　一つ目は互いに少女漫画を語り合うこと。

　二つ目はプライベートなことには立ち入らないこと。

　晴也はこの二つ目の内容について言及した。

「っう。でも散々、Haru さんの悩み聞いてるし少しくらいいいじゃん」

「まあ Nayu さんには普段お世話になってばっかりだから全然相談でも何でも聞くよ」

　今日のオフ会もその悩みを聞いてほしくて誘ったのが本心だろう。

　沙羅の一件では自分も同じことをしているため、彼女には本当に頭が上がらない。

「ほんと？」

　少し上ずった Nayu の声に晴也は頷く。

　すると彼女は口角を上げて静かに笑ってみせた。

「じゃあ店の中に入ろっか」

「うん」

さて、そんなわけで晴也達は早速店内へと足を運んだ。

店内に入ってまず感じたのは内装からして『え、財布のなか空っぽにならない？　大丈夫そう？』といったものだ。つまり高級店だろうということ。

多くの観葉植物に芸術性に富んだインテリアの数々。

メニュー表はお洒落な書体表記がされていることから、デートにうってつけなような場所だった。

それが現在、訪れているカフェ＆レストランだ。

晴也と Nayu はそんなモダンな奥側のボックス席にそれぞれ腰かけていた。

「ここ高そうだけど本当に予算的に大丈夫なのか？」

「大丈夫。学生の味方だから。ここのパンケーキとか美味《おい》しいし」

「なら俺もパンケーキとコーヒーにしようかな」

「ブラック？」

「うん、ちなみに Nayu さんは？」

「私は……か、加糖」

どこか目を背けながら少し照れくさげに零す Nayu。

まさかの甘々チョイス。

晴也が思わず眉を顰《ひそ》めると Nayu はわざとらしくテーブルに肘をついた。

「だから言いたくなかった」

「べ、別に俺は悪いとは言ってないけど」

「顔に悪いって書いてる。はあ……もうコーヒーの話題振るのこれからはナシで。どうせ子供舌ですよ、私は」

Nayu はジト目で口を尖《とが》らせた。

(気にしてたのか……)

そんなやり取りを交わしながら、晴也達はそれぞれ注文した。

待ち時間では本題に入る前に少女漫画の話を互いに振りだす。

「最近、面白い作品は見つけた？ Haru さん」

「掘り出しものだけど——」

と、何作かマイナーな少女漫画を晴也はオススメした。

だがすでに Nayu は紹介した作品をほとんど知っているらしく『まだまだじゃん』と軽く知識の浅さを否定される。

晴也は次の機会で Nayu に吠《ほ》え面《づら》をかかせることを決意した。

それからは結局、布教は叶《かな》わず互いに挙げた作品の好きなシーンを言い合うことになる。

「私は主人公が相手と両想《りょうおも》いだって気づくところが好き」

「俺は両想いなことを確信した場面が最高だった」

ほぼ同時に応えた二人だが、互いの顔を見合って、Nayu がぽつりと零した。

「真似《まね》された」

「いや、なんで⁉　あのシーン最高だったじゃん」

「うそうそ、冗談。でもそこはホント胸が高鳴った」

「分かる。特に今まで両想いかどうかを疑ってた時間が長かったからこそだよな」

互いに興奮を抑えられぬまま会話をしていると注文していた商品が運ばれた。

晴也が頼んだのはパンケーキ＆ブラックコーヒーのセット。

対する Nayu が頼んだのは同じくパンケーキ＆加糖コーヒーのセット。

メープルシロップをかけそのままナイフで切り取って口に運ぼうとすると、Nayu から待ったをかけられた。

そのかけ方だと全体にシロップが行き渡らないから、とナイフでシロップを上品に生地へと広げている。

晴也も彼女に倣いパンケーキを切って口に運んだ。

「美味しい」

目を見開き思わずそんな感想が口から洩《も》れる。

「良かった。この店、美味しくてリーズナブルだし、知り合いにも会わない穴場の場所なんだよね」

「いいとこ見つけたんだな」

コーヒーの味自体ではいつも通っている喫茶店には敵《かな》わないが十分この店のコーヒーも美味しい。いい店を知れてよかった、と晴也は心の底から思った。

「さて、と。ここからが本題なんだけど――」

Nayu の悩み事。

店内に入る前に言っていた件のことだろう。

彼女とは短い付き合いじゃない晴也だからこそ分かる。

これまで弱音を吐いたりしたことがない彼女が愚痴りたい、話を聞いてほしい、と頼んできたのだ。よっぽど深刻な話題に違いない。

ごくり、と固唾を飲んで緊迫した雰囲気が漂うと――。

「えっ、なんでこんなところにいんの？　高森」

Nayu の視線の先。

ちょうど今来店したばかりの客と彼女は知り合いなのだろうか。

お互い目を合わせて固まってしまっていた。

「……っ!?　さ、最悪」

下唇を強く噛んで Nayu はぽつりと呟いた。
「あ、あのさ……高森。二年前のことなら、その、私悪かったと思ってる。私は高森には
またバスケを——!?」
「小野井、悪いけど私は戻らない。あんたのその発言ってさ……無責任だし勝手なの分か
ってる？　私と勝負したい？　今更、よくそんなこと……！」
「……っ!?」
Nayu の言葉に小野井といった女性は目を見開き絶句してしまった。
彼女の静かな怒気と嫌悪の態度に晴也もまた圧倒される。
(というか、何この修羅場……。そういえば昨日もこんなことがあったな。俺、明らかに
場違いなんだが……それに空気が最悪なんですけど)
実際にそこかしこから、他の客の視線が晴也達の席に注がれていた。
「……ごめん、悪いけど Haru さん、今日は先に帰るから」
「いや、俺も帰るから」
さすがにこの後、小野井という女性と一緒にいることになるのは気まずい。
それに彼女と過ごせば、プライベートを互いに明かさないといったルールが破綻してし
まうだろう。
すでに彼女の苗字を意図せず知ってしまったが……。

（でもこれ帰りづらいぞ……）

振り返って小野井を見れば肩を震わせ目尻に涙を溜め込んでしまっていた。

そして周囲から感じる他の客の視線の数々。

（なにこれ……傍から見たら俺が二股バレして修羅場みたいな雰囲気になってるんだが）

晴也は身体からぞっと血の気が引いていくのを感じた。

「……ホントごめんけど私は先に帰らせてもらうから」

顔色を悪くしているあたり体調が悪くなったのだろうか。

申し訳なさそうなNayuを認めると引き留めることはできなかった。

彼女はカーディガンを揺らしながら先に会計へと向かう。

（……こ、この状況をどうしろと？）

晴也は戸惑いを隠せないながらも、小野井にそっと声をかけた。

「えっとまずは座らないですか？」

＊＊＊

ボックス席で半泣きの女性が一人に、無駄に背筋を伸ばし気まずそうにしている男性が一人。店員は気まずそうに小野井にお冷やを渡してすすっとその場を後にした。

（修羅場だ……。なんでオフ会がこんなことに）

味のしないコーヒーを啜りながら晴也は正対する彼女を改めて確認する。

服装はイマドキの女子高生といった感じで瞳も円《つぶ》ら。

髪型はいわゆるボブカットで茶髪、身体は普通の体形で、言い方はあれだが普通の可愛いらしい女子高生といった容姿だ。彼女は潤んだ瞳を拭ってゆっくりと口を開いた。

「……その……ごめんなさい。デートを邪魔したみたいで。えっと Haru さんでいいんですか？」

「はい Haru です。それから、えっとデートではないです……小野井さん」

「そうなんですか。てっきりデートの途中なのかと思ってました。高森とばったり会うなんて私思ってもみなくて……居ても立ってても居られなくなりました。その……空気壊してしまってすいません」

「あっ、その顔を上げてください」

高森。

振り返りになるがそれが Nayu さんの苗字らしい。

そして眼前にいる女性の苗字は小野井というようだ。

なぜだが妙な既視感を晴也は感じた。

「私今高校は宮座《みやざ》なんですけど高森とは……中学からの知り合いで元部活仲間なんです」

小野井は涙を引っこめるとおずおずと語りだした。

「中学二年までバスケ部で一緒に頑張ってたんですけど……私達が……いや私が高森からバスケを奪っちゃって……」

思った以上に深刻な問題のようだ。

それは小野井の表情が物語っている。

どこか悲痛そうなその表情が……。

「高森はもうバスケしたくないって言ってるんですけど……きっとそれは嘘だと思うんです。だって今のあいつからは〝輝き〟を感じないから……」

ぼそぼそと呟く彼女を前に、晴也は居心地の悪さを隠せない。

「そ、そうなんですね。えっと……と、とりあえず……何か頼みませんか？」

「そうですね。じゃあ頼みます」

少しだけ彼女の表情が和らいだため、ほっと安堵の息を零すものの——。

「あ、あの頼みすぎでは？」

この量を一人で食べきる気であろうか。

山盛りのフライドポテトにグリルチキン、そしてハンバーグのセットときた。

注文の際にも思わず内心で軽く引いてしまったが、こうして目の前に商品が届くと突っ込まざるを得ない。

「私、バスケ部で体育系だからか、結構食べちゃうんですよね。ここへ一人で来たのもたくさん食べるためっていいますか、あはは」

食べ出すと、先ほどから表情は一変し明るいものに変わる。

そこで晴也はほっと安堵の息を零した。

あまり悲痛な雰囲気を出されると周りの目が痛いのだ。

そのため、調子が落ち着いたような小野井を見て晴也は肩の力が抜けた。

「高森は、すごいんです。すごく理想が高くてそれを追い求め続けてる。カッコよくてまぶしいんです」

思い出に耽りながらポテトを頬張る小野井。

「でも、高森はそれを捨ててしまってました。だから私は高森にはバスケを取り戻してほしいんです。だってせっかく私の高校と高森の高校が練習試合をするんですよ？　こんな機会もう二度とないかもなんです……身勝手なのは分かってるんですけどね……」

晴也は口を挟むことはなく、ただただ相槌《あいづち》を打つだけにした。

それは小野井の、自分の心の内を誰かと共有したい、聞いてほしい、といった想いが伝わってきたからである。加えて詳しい事情を知りもしないのに口を出すのは野暮《やぼ》だろう。

ただ、こうして話を聞いてみて感じたことがある。

この目の前の女の子は Nayu のことが大好きなのだ。

悲痛な面持ちで話しかける彼女だが、一方で瞳にはどことなく光が宿っていたためにそう直感する。

「Na……いや、高森さんのことが本当に好きなんですね」

「えっ……べ、別に好きとかそういうのじゃないんですけど……。でも、あそこまで拒絶されては諦めも気持ちの整理もできるってものですね。ありがとうございます。話を聞いてもらえて心が軽くなりました」

諦観の表情で作り笑いを向けてくる小野井に、晴也は余計なお世話だと分かっていながらも口を開いた。

「……辛《つら》いかもですけど、本気で向き合えば必ず想いは伝わるはずです」

「…………」

小野井はそれから何も言わず食事を終えるとその場を後にしていく。

が、すぐにトトトと走り込んできて「お金渡し忘れてました」と帰ってきた。

「それからこれ私の連絡先です。もし高森のことで何かありましたら連絡いつでもしてくださいね。高森がバスケ始めるなんてことがあったらすぐに連絡ください。夜でも全然かまいませんのでっ！」

そう言って連絡先の書かれた紙を手渡される。

（嵐のような人だったたな……）

そんな感想を抱きつつ、晴也はテーブルに並べられた食器の数々を見て苦笑を零した。

（……これ、会計で店員さんに俺が全部食べたとか思われなきゃいいな）

＊＊＊

そんなことがあってから二日後。

月曜日の朝。晴也は黒髪を靡かせる美少女と共に教室まで駆けていた。

その理由は単純。

晴也は今朝思わず寝坊してしまい、遅刻しそうになっているため、こうして急いでいるというわけだ。

隣にいる生徒が急いでいるのも遅刻寸前だからに他ならない。

お互い声をかけることもなく、ただ目的地に向かって全力疾走する。

もう生徒のほぼ全員が教室についているからか、人気が全く感じられなかった。

急いで教室の前まで到着すると――――あれ？

晴也は思わず首をひねってしまう。

それは自分の隣で先ほどまで駆けていた女子生徒が隣にいたから……。

同じクラスなのだろうか。だが隣にこうしている以上はそうとしか考えられない。

晴也は長く前を覆った髪からチラッと目を覗かせ、隣に立つ彼女を見据える。

(何となく見たことある気もするけど、この感じ……そういえば姫川さんとの一件で少し交流した彼女か)

クレープ屋台で交流した気がする。それは沙羅と一緒に下校した際のことだ。

とどのつまり、今目の前にいる彼女は……。

(かのS級美女ってことだよな……)

一部の男子生徒からそう評されるほど高嶺の花な存在。

神の悪戯か晴也はどうにもS級美女と変な接点を持ってしまうところがあるらしい。

普通の男子生徒ならば幸せ者だろうが、学校で目立ちたくない晴也にとっては胃が痛む想いであった。

あまり目立つことになりませんように、と祈りながら教室の戸に手をかけると――。

「二人とも遅刻だな……。あとで職員室に来るように」

後ろを振り返ると担任が怖い笑みをはりつけて晴也達を見ていた。

「間に合いませんでしたか……はぁ、最悪」

「わ、わかりました」

「まあ、教室に入れ。ホームルームの時間だしな」

担任と共に教室に入ると、当然のことだがクラスメイトから注目を浴びることになった。

（ちくしょう……昨日、夜更かししてまで少女漫画読むんじゃなかったな。Nayu さんのことが気になってしょうがなかったし）

あんな別れ方をしたのに、それから Nayu のメッセージが届くことはなかった。

気にするなというほうが無理な話だ。

かと言って晴也も昨日のことでどう踏み込んでいいものか分からず、それなら少女漫画の要件で呼びだそう、と少女漫画の読み漁りをしていたのだ。

結果、夜更かししてしまい、こうして遅刻してしまったわけだが……。

「では、ホームルームを始める。先日も話した部活の件だが――」

担任の口からは『部活』の話が出てきたが、今晴也はそんなことを気に留める余裕はない。

先ほどから話しているホームルームの内容もちっとも頭の中には入ってこなかった。

それは後ろの席から嫌なオーラが放出されているのに晴也は気づいていたからだ。

（風宮……絶対つっかかってくるよなぁ……。大方Ｓ級美女と遅刻とか羨ましいみたいなそんな話をされそうだし）

億劫《おっくう》な気分でため息を零せば、担任の常闇が要らぬ発言を口にした。

「――それじゃあ以上でホームルームを終えるが、高森、それから――」

と、名簿を一度見やってから「赤崎」と晴也の苗字を呼ぶ。

（……あの先生、名前呼ばれたら困るんですけど……ほら、目立つから。それからこのあと余計なことは言わないですよね？　言わないでください、お願いします）

そんな晴也の想いもむなしく、常闇は無慈悲に告げるのだ。

「この二人は後で職員室に来るように。ホームルームは以上だ」

カツカツと今日もヒールの音を響かせながら担任は教室を後にする。

あはは、と苦笑いしかできないでいると、「詳しく」と言わんばかりに風宮が肩を叩いてきた。

「赤崎、俺の知らない間に面白いことになってるじゃないか」

「たかが一緒に遅刻してきただけでよくそこまで騒げるな……俺は職員室に行かなきゃだから」

「お、おい話はまだ――」

晴也は風宮の追及を避けるため急いで席を立つ。

これ以上面倒なことになりませんように、と強く祈りながら晴也は教室を後にした。


職員室の扉の前に担任は立っていた。

一限の用意もあるからか、手短に済ませたいのだろう。

急いできたつもりだがＳ級美女のほうが晴也よりも到着が早かったらしい。

　二人揃《そろ》ったことを確認すると担任は静かに口を開いた。

「二人とも、普段遅刻するようなタイプではないからな……何か理由があったんだろう。だが遅刻は遅刻だ。ペナルティを課したいと思っている。考えてるのはそうだな……今日の放課後に学校の外周一周とかはどうだ」

（そんな昭和的な……）

　思わず晴也は内心で突っ込む。

　今どき、罰として廊下に立たせたり外を走らせたりなど聞いたことがない。

　担任は冗談半分で言っているつもりなのか、一言だけ「……無理強いはできないがな」と付け加えた。

　苦笑いを浮かべる晴也に対して、

「放課後、学校の周りを一周すればいいわけですね？」

　と、何ら動じることなく結奈は尋ねる。

（え、嘘……マジで走るんですか？）

　担任が首肯すると、彼女は晴也のほうには意識を向けることなくただその場を後にした。

　取り残された晴也は唖然《あぜん》とする他ない。

「君と彼女はよく似ている……」

　去り行く結奈の背中を見つめながら担任は呟いた。

「え、えっと……どこがですか？」

S級美女の彼女と自分に共通点。彼女はクラスの高嶺の花。その一方で自分はクラスで空気、浮いている日陰者。客観的に見ても全く見当などつかないのだが……。

「本当の自分を隠しているところだな。それと中途半端な行動をしているところとかそっくりだと思う。だから外周走って気持ちをリセットさせるといいだろう」

「……っ」

ドキリ、と心臓を摑《つか》まれた気がした。

思わず担任のほうを振り返ると彼女はくつくつ笑ってから言う。

「なんてな。ただの勘で大人の戯言《たわごと》だ。気にするな」

「………」

この人は自分のことをどこまで把握しているのだろうか。

底知れぬ雰囲気に晴也が固まっていると、肩をぽんと叩かれる。

「そろそろ一限の時間だ。もう教室に戻って準備したほうがいい」

「は、はい」

疑念を抱きながらも、晴也は急いで教室に戻った。

余談だが、案の定、教室に戻れば風宮から『あの高森さんと何することになったんだ？先生に何を言われた？』と何度も問い詰められることになった。

＊＊＊

その日の昼休み、晴也は屋上で沙羅から詰め寄られていた。

その瞳は不安げで眉も少し寄せられている。

「結奈さんと何かあったわけではないんですね？」

「たまたまお互い遅れただけだって」

「そ、それなら良いんですけどね。あっ、赤崎さんのこれ美味しいです」

先日、煮込んで作った角煮を頬張ると沙羅は頬をとろけさせた。

こうして屋上で密《ひそ》かに会うようになってから、晴也は最近、沙羅と弁当の具材を交換して食べ合うことをしている。

お茶を飲んだところで、沙羅はおずおずと口を開いた。

「赤崎さんって、中学の頃……どんな部活をされてたんですか？」

「………………帰宅部ってところ」

思わぬ話題に晴也は一瞬、言葉に詰まってしまった。

嘘をついてしまったことに対し後ろめたさを覚える。

沙羅のほうをチラッと見やると真剣な表情で晴也を見据えていた。

「赤崎さんが、中学生の頃に何か部活をされていたのは確信しています。それを隠したがっていることも……きっと触れてほしくないんだってことも」

「………」

それでも、と押し黙る晴也から目を離さずに沙羅は続ける。

「赤崎さんが抱えているものを私にも分けてほしいと思うんです。図々《ずうずう》しいことは百も承知なんですが」

複雑な感情が押し寄せるものの、沙羅の決意は固そうだ。

こうなった以上、隠しきるのも面倒である。

これから何度も部活の話をされて嫌な記憶を思い出すくらいなら……いっそどんな部活をしていたかを教えるくらいは問題ないだろう。

苦い記憶から目を背けるように晴也は軽口を叩く。

「……陸上部で長距離やってた。まあ色々あって部活は途中で辞めたけどな」

「そう、ですか」

まさか素直に話してくれるとは思っていなかったのか、沙羅は驚いた表情をしていた。

一度、軽く首を横に振ってから彼女は続ける。

「……赤崎さんの走ってる姿、私、見てみたいです」

「走らなくなったわけじゃないよ……遅刻しそうになったら走るし誰かに追いかけられで

もしたら走るし」

そう答えると、沙羅は控えめに首を振ってから優しい表情を向けてきた。

「そういうことを聞きたいんじゃないですよ？」

分かっていた。

分かっていたからこそ、晴也は情けない気持ちで胸がいっぱいになってしまう。

沙羅が晴也に聞きたいのは『本気で走ってるのか』、そこに尽きる。

部活をしていた時の気持ちで走っているのかどうか。

ただ走るのと、強い気持ちで走るのとでは同じ走る行為でも訳が違う。

下唇を小さく噛んでいると、沙羅から苺《いちご》を手渡される。

「……すいませんでした。これは傷口に入り込んでしまったお詫《わ》びです」

「……分かってるなら、もうこの話題には触れてほしくないんだけどなぁ」

「そうはいきません。私は自分の生き方を示してくれた赤崎さんには凄く感謝していますから」

青空を仰ぎながら、沙羅は柔和な笑みを浮かべる。

「……最後にこれだけ」

ふとこちらを振り向く彼女。

その際、涼やかな風が吹き沙羅の髪が靡く。

「どんなことがあったとしても、どんなことを聞いたとしても私は赤崎さんの味方ですから」

真《ま》っ直《す》ぐで純真な瞳を向けるのは勘弁してほしかった。

晴也は沙羅からもらった苺を噛み締める。

その味はなぜだか甘味《あまみ》よりも酸味を強く感じた。

＊＊＊

放課後、生徒達の数が落ち着いたのを確認してから晴也と結奈は職員室へと向かった。

高森結奈。

S級美女の中でも沙羅とは違った気品を持つ彼女と並んで廊下を歩く中、晴也は彼女に尋ねる。

「……あの、一周の件ですけど、もう走ったことにすればバレなくないですか？」

根暗モードに入っているからか、思わず声が普段よりも低くなってしまう。

決して隣にいるのがS級美女だから緊張しているわけじゃない、決してだ。

「……私はさ、曲がったことが嫌いだから走るよ」

「真面目なんですね」

「私は走るけど、走りたくないって思うんだったらあなたは走らなくてもいいんじゃない？」

思った以上に真面目だ。

落ち着いた雰囲気ながらもギャルっぽさを感じていたため晴也は呆気《あっけ》に取られた。

自分の浅はかさを痛感すると、こう言わざるを得ない。

「……いや、俺も走る」

「そ。なら一緒に頑張ろっか」

と、そんな他愛《たわい》ないやり取りをしてほどなく。

二人は職員室へとたどり着いた。

担任の席まで赴いて外周ランを始めることを結奈が告げる。

「――先生、ではこれから走ってきます」

「二人とも事前に伝えてくるとは律儀だな。それじゃあ一周走ってこい」

晴也の隣に立つ結奈が頷く。

が、彼女が身を翻したところで担任は何か思い出したのだろう。

ゆっくりと結奈の背中に話しかけた。

「……あっそうだ。高森、バスケ部に入る気はないか？」

「えっ」

思いがけない話題だったのか、結奈はびくっと肩を震わせる。

「ど、どうしてそんな話を私に？」

「いや、私は一応バスケ部の顧問でな。近々他校と練習試合をすることになったんだが、うちは経験者が少なくて……」

ぼりぼり後頭部を掻《か》きながら、担任は続ける。

「高森の自己紹介カードには中学ではバスケ部だったとの記載があったのを思い出してな。入る気はないか聞いてみただけだ」

このクラスでは入学直後、生徒のことを知りたいから、と簡単な自己紹介カードをクラスメイト全員が書かされていた。

その項目の中に、中学の頃は何部だったか？　との項目があったため、先生はそのことを言っているのだろう。

ちなみにその自己紹介カードで、晴也は陸上部と記入している。

「すみませんが、私……バスケ部に入る気はないです」

「そうか。まぁ……無理にとは言えないからな。残念だ。まあ気が変わったらいつでもこい」

晴也は結奈の明確な拒絶を受け取っていた。

彼女にとってバスケというのは地雷ワードなのだろう。

だというのに、担任は一切動じることなく、まるで断られるのが最初から分かっていたかのような素振りだったため晴也は違和感を覚えた。

ふと担任の視線が晴也のほうに向けられる。

「……赤崎もバスケ部どうだ？」

「運動するようなガラに見えます？」

「見えないな」

即答された。

悲しいが、そういうことです、と内心で晴也は突っ込んだ。

「繰り返しになるが、高森……気が変わったらいつでもバスケ部の入部は受け付けるからな。それと赤崎も」

完全に俺はおまけ扱いですよね？

と、内心で苦笑する晴也はどこか不機嫌な様子で立ち去る結奈の背中を追う。

その時だった。

「赤崎は中学の頃は陸上部だったよな。実際に本気で走ってみるといい。何かを得られるかもしれないしな」

担任が晴也を引き留めてそんなことを零したのだ。

「……ひょっとして外周って俺を陸上部に引き戻すために用意したものですか？」

「いやいや、そこまでは考えてないさ。ただ赤崎と高森は似ていると思ったからな。高森がバスケで何か抱えてるってのは明らかだった。だから似ている赤崎も陸上で何か抱えてるんじゃないかって思うのは道理だろう？」

「…………」

押し黙っていると担任は続ける。

「これはあくまで何かのきっかけになればいいと思っただけだ。雰囲気だけを見ても君達はよく似ている。赤崎……君なら高森を助けられるかもしれない」

「助けるってそういうのは普通……先生の役割では？　そもそも高森さんは別に困ってるようには思いませんが」

「確かにそうだが……似ている者同士じゃないと寄り添えないものだからな、こういうのは。それと高森は困ってる……はずだ。絶対。きっと……多分そう」

（うわぁ、いきなり適当になったよこの教師）

内心で突っ込みつつも、晴也は実際のところ担任の見る目には感心させられていた。

（底が見えない人だな。俺も陸上で過去を引きずってるのは実際その通りだし……）

と、晴也はため息をついてから外周ランに向かおうとするとその背中に向かって担任がボソッと付け加えた。

「きっと赤崎が引きずってるものは高森が解消してくれるさ……」

「……え？」

振り返ると担任は身を翻して自席へと戻っている。

改めて、底が知れない人だ、と晴也は思った。


職員室を後にしてからは、晴也は昇降口で靴を履き替え外に出る。

これから晴也は遅刻してしまったペナルティを外周一周ランで支払う。

この栄華高校の敷地面積は他校と比較すれば大きく、一周とはいっても距離自体は侮れないだろう。

正門までたどり着くと、結奈は準備体操をしていた。

晴也に気づくと視線を向けることなく尋ねてくる。

「赤崎くんだっけ……君はどうして遅刻したの？」

「えっ」

これまで素っ気ない態度ばかりだったため、彼女から話しかけてきたことに晴也は呆けた声を漏らした。

「遅刻なんて普段しないじゃん？　私も赤崎君も含めて学校の皆」

栄華高校は県内でも名の通った伝統ある進学校。

名門大学への進学実績を数多く残しており、そのため在籍する生徒は基本的に真面目な生徒が多い。

遅刻なんて、余程のことがない限り犯さないのだ。

「……だから気になってさ」

「そ、その笑わないでもらえたら話します」

「笑ったりなんかしないって」

はにかんでみせた彼女がどことなくNayuさんと重なって見えた。

だからだろうか。

晴也は彼女に素直な理由を口にする。

「漫画を夜通し読んでしまい、寝坊した感じです」

「………っぷ。あっ、笑っちゃった。ごめん。でも意外だなって思って」

「え、えっと……意外？」

「うん、だって赤崎君って沙羅と接点あるみたいだし。沙羅が真面目だから赤崎君も真面目なんだろうなって勝手に思ってたから。あっ、でもさっき外周サボろうとしてたし真面目ではないね……」

ドキッと思わず心臓が高鳴ってしまった。

まさか沙羅との繋がりを確信されているとは思ってもみなかったからだ。

（……それと、俺は不真面目でいいとして、姫川さんは真面目なんだろうか）

本来立ち入り禁止の屋上を昼休みに利用してしまっている立場であるが。

結奈は空を仰いでどこか遠い目をしていた。

「――私はさ、登校中にバスケ部の勧誘にあって遅刻した」

彼女はぽつり、と語り始めた。

「私が元バスケ部だったことを知ってた先輩がいたみたいで、登校中にその先輩とばったりあって勧誘されたんだ」

「そ、そうなんですか」

「あっ、いきなり語りだしちゃってごめん。それとさっきまで態度悪くしちゃってたことも。その……今朝からピリピリしちゃっててさ」

自覚はあったらしい。

今はその態度も大分軟化しており話しやすい雰囲気だが。

「話は戻るけど、バスケ部の話を聞いたら気持ちが暗くなっちゃって自分でも気づかないうちに足取りも重くなっちゃってたみたいでね。気づいたら時間やばくなっててそのまま遅刻って感じ。ホント最悪だった……」

「それはお気の毒ですね」

「うん、だからさ……」

結奈は肩をぷるぷる震わせながら言った。

「皆、バスケバスケバスケっておかしいと思わない？」

なんか変なスイッチが入ったらしい。

「この苛立ちをかっ飛ばしたいからさ。置いてけぼりにしたらごめんね」

それを伝えたかった、と彼女は言った。

別に気にせず走ればいいのに、そこまで気遣ってくれるとは彼女はとても優しいのだろう。

「……っ。律儀なんですね」

そんな彼女が可愛らしくて思わず笑みを零す。

「笑うことないじゃん。いやだって、だってさ……何も言わずに全力疾走するのは失礼かもなって」

どこか目を背けながら結奈は校門の外に出る。

そして慣れた手つきで腰まで伸びた髪をゴムで結った。

晴也も彼女に続いて外に出る。

ふと空を見上げれば片端が茜色《あかねいろ》に滲んでおり、こんな中走るなんて久しぶりだな、と晴也は懐かしい気持ちになった。

置いてけぼりにしたらごめん、と言うだけあって結奈は想像以上に速かった。

綺麗《きれい》なフォームでしなやかにポニーテールが左右に揺れ、彼女の背中は次第に遠くなっていく。

……別に本気で走る必要なんかない。

これは勝負や試合などではないのだから。

そもそも走ることさえ必要じゃない。

あくまで遅刻のペナルティとして一周させられているだけなのだから……。

そう言い聞かせながら遠のく結奈の背中を見つめる晴也。

……どうでもいい。適当でいい。もう俺は陸上部を辞めているのだ。

そう思うはずなのに、なぜだろうか。

晴也は下唇を強く嚙み締めながら、結奈から離されないよう一定の速力を保っていた。

こうして走ってみて、体力と筋力の衰えを感じる。

タタタと床を蹴る足の力も昔と比べると随分と衰えてしまっていた。

当然だ。

もう走り込みなんてしていないのだから……。

けれど、なぜかそれが無性に悔しくて本気で走っている。

自分でも不思議だった。

――離されてはいけない。負けたくない。

心のどこかでそう念じ走り込もうとする自分がいる。

気づけば結奈との距離はどんどん縮まっていた。

けれど、呼吸は乱れ、長い前髪も汗で額に張り付いてしまい視界が悪く状態は最悪だ。

「……はぁ、はぁ」

この程度の距離で音を上げそうな自分が恥ずかしかった。

本気で走る必要なんかどこにもない。

たとえ晴也が結奈を抜いたところで意味なんてきっとない。

だが、それでも、いつの間にか晴也は本気で駆け抜けていた。

どうして本気で走るのか。

不思議でしょうがない冷静な自分を無視しながら晴也は結奈に迫る。

「えっ……」

ふと結奈が振り返り目を丸くさせた。

無理もない。

完全に離しきったと思い込んでいた相手がいつの間にか追いついていたのだから。

もう一周を終えそうな距離で結奈が困惑を隠しきれないでいると晴也が彼女を追い抜く。

と、そこでちょうど一周を終えた。

晴也は膝に両手をついて、乱れる息を整える。

「……驚いた。私、本気で走ってたのに結構速いんだね。赤崎君」

「……………」

自分でも不思議だった。

肩で呼吸を繰り返し身体は悲鳴を上げそうになっているが、胸の中はすっきりとしている。

「結構、負けず嫌いなんだ？」

「分かんない。ただ気づいたら本気で走ってた」

拳をぎゅっと握り込んでいると、可笑《おか》しそうに結奈は呟いた。

「自分でも混乱してるみたいだね。いつの間にか敬語でもなくなってるし」

「えっ……あっすいません」

完全に素で答えてしまっていた。

晴也は慌てて取り繕う。

「いやいいよ。同学年なんだし……。けど、自分でも気づかないうちに走ってたんだとしたら、赤崎君は負けず嫌いなんだろうね」

「……っ」

確かに結奈に追いつこうとしてた時、晴也の頭では、中学の頃に頑張っていた記憶が呼び起こされていた。

誰かに追い抜かれたり、負けそうになったりしたら、がむしゃらに走っていたあの頃の記憶が……。

「そ、そうかも」

「どこか憑《つ》き物《もの》が落ちた感じするしね。走るの好きなんだ？」

「えっ……いや、そんなことは」

ないはずだ。

部活には嫌な記憶が詰まっているから……。

恋と部活は苦い思い出でいっぱいだ。

「いや間違いなくあるよ。そんな肩で息するまで本気で走ってたんだから。赤崎君は走ること好きなんだと思う。高森結奈の名にかけて誓えるよ」

「……っ」

思わず息を呑《の》む晴也に、結奈は淡々と告げた。

「……自分で言ってて恥ずかしいねこれ。ま、まあ……それじゃ先生に伝えにいこっか」

「あ、あの……」

昇降口へと向かおうとする結奈の背中に晴也は声をかけた。

これから晴也が言おうとしているのは、余計なお世話だろう。けれど、晴也に走るのが好きといった気持ちを思い起こさせてくれた彼女に晴也は報いたかった。伝えたかった。

たかだか、赤崎君は走るのが好き、と確信をもって言われただけ。けれど互いに本気で走り込んだからこそ彼女のその言葉は晴也の耳に響いたのだ。

……もっとも、結奈にそんな気はなかったとしても、彼女が晴也の心を軽くしてくれたのには違いないから。

『君達はよく似ている』

担任のそんな言葉が脳裏をよぎる。

だからだろうか。

確信はなくとも晴也は尋ねざるを得なかったのだ。

「……バスケ、本当は好きなんじゃないですか？」

立ち止まって結奈は静かにこちらを振り向く。

「……ううん。そればっかりはないよ」

そう答えた結奈の顔はどこか寂しそうに晴也の目には映った。

＊＊＊

高森結奈の気分は沈みに沈みきっていた。
その原因はバスケ部への勧誘がほとんどだ。
ここ最近、部活の話ばかりが結奈の耳に入ってきている。
（……ほんと勘弁してほしい）
外周一周を終えて……帰宅してからのこと。
憂鬱な気分のまま、結奈は押し入れにしまっていたものを取り出した。
襖《ふすま》を開けて彼女が手に取ったそれはバスケットボール。
そのボールには汚れが目立ち、長いこと使い込まれていることが窺えた。
表面をなぞりながら結奈は深めの息を吐く。
（……はぁ。もう未練なんて断ち切ってるのに何やってんだろ、私）
だから長いこと一緒だった相棒もこうして押し入れにしまいこんでいたのだ。
それを取り出すなんて、と思わず自分に呆れる結奈。
「バスケの話ばっかりされたからかな」
思えばここ数日『バスケ』『部活』の単語を聞かない日はなかった。

連日、もはや嫌がらせのようにその単語は結奈の頭の中をいっぱいにしてくる。

「先輩の勧誘があったから今朝、私は遅刻しちゃったわけだしね……いや遅刻したのは動じてしまった私のせいか」

それに、と結奈は付け加える。

(先生、小野井、それから……)

担任や元部活仲間だけにバスケの話はとどまらなかった。

『……バスケ、本当は好きなんじゃないですか？』

ふと詳しい事情を知りもしないのに、そんな発言をしてきたクラスの男子のことが脳裏をよぎる。

「……もうなに気にしてんだろ。やめやめ。馬鹿らしい」

髪を乱雑に搔いて、結奈はバスケットボールを再び襖の奥の押し入れにしまう。

と、そんな時だった。

突然、結奈のスマホから受信音が響いたのだ。

メッセージを確認するとそれは沙羅からのものだった。

(……あれ、珍しい)

個人でメッセージのやり取りをすることはあまりなく、S級美女達専用のグループチャットで結奈を含む彼女らはやり取りをすることが多い。

特に沙羅は遠慮しがちな性格のため、個別にこうしてメッセージを送ってくることは結奈にとっては珍しいことだったのだ。

『結奈さん、部活のことで何かあるようでしたらいつでもお話聞きますから』

可愛らしい兎《うさぎ》のスタンプと一緒に送られていた。

結奈は沙羅に対して強《したた》かになったと率直に感じる。

部活の話になると……沙羅や凛には「触れないで」と言わんばかりに少し拒絶めいた表情を浮かべてしまったため、そのことは後で謝罪しよう、とは思っていたが、まさかあの受け身がちな沙羅が自分からセンシティブな話に切り込んでくるとは思わなかった。

そのため驚きを隠せるわけもない。

『ごめん、変な態度取っちゃって。けどもう大丈夫。心配かけちゃってごめんね』

結奈はすぐに返信をした。

それから少し前までの沙羅を結奈は思い出す。

(そういえば、沙羅も一時期、精神が不安定な時があったはず)

詳しい話は本人にはぐらかされたが、確かお見合いが決まった時は明らかに元気がなかった。

だというのに、沙羅はすぐに元気を取り戻し、性格面でもこうして成長を見せていることが窺える。

結奈は自然と沙羅に尋ねていた。

『沙羅っていい意味で変わってきていると思うんだけど、きっかけってあったりする？』

脳内で恋バナ好きな凜が「そんなの恋に決まってるじゃん！　結奈りん」と笑みを浮かべてくるが、結奈は沙羅本人から答えが聞きたかった。

すぐさま返信が届く。

『えっ、私って変わってきてます？』

『自覚なかったんだ……以前の沙羅だったら顔色窺《うかが》ってプライベートな問題に首を突っ込んだりしなかったはずだから』

『そ、そうですね。変わったんだとしたらそれは』

『それは？』

『デートです！』

ふと結奈の文字をタップする手が止まる。

頭の中で凜が「ほら、言った通り」とほくそ笑んでいる姿が浮かび上がった。

(デート……やっぱり恋が沙羅を変えたんだね)

恋すれば女の子は可愛くなるし変わるという。

沙羅は好きな男性に尽くしそうだし染まりやすい気がした。

……もっとも、盲目そうなところが心配ではあるが。

それでも沙羅は結奈の目から見て、以前よりも笑顔が増え表情も豊かになっていた。

つまり恋の力は偉大ということだろう。

（……好きな人ができればこのモヤモヤした嫌な気持ちも晴れるんだろうか。けどそんな相手はいないし）

それに恋愛している自分が結奈には想像がつかなかった。

デートといえばデートといえる付き合いをしている異性はいるにはいるのだが……。

でも恋愛感情はそこにはない。

彼と一緒にいて楽しいと思うことはあっても、好きだといった気持ちを抱いたことはなかった。

（まぁ、でもHaruさんには小野井のことがあって微妙なままになってるし、謝罪もかねてまた近々オフ会するのはありかも）

想定外なことだったが、前回オフ会をした際、元部活仲間の小野井とばったり会ってしまい結奈は動転してしまったのだ。

せっかくの楽しいオフ会なのに、気分が悪くなってしまい途中で結奈は離脱。

結果として、Haruに嫌な想いをさせた……と彼女は罪悪感を抱いていた。

『あ、あのデートとはいってもそんなキ、キスみたいなことはしてないですからね』

しばらく既読のまま返信していなかったからか、沙羅は慌てて追加メッセージを送信してきたようだ。

急いで結奈は画面をタップし文字を打ち込む。

『ご、ごめん。考え事してて返信遅れた』

『ならいいんですが』

『それにしても沙羅って意外と大胆なんだね。キスなんてさ』

今まで即返信だったのが、数秒遅れてメッセージが届いた。

恐らく沙羅はキスという単語に動揺してしまったのだろう。

画面の向こう側で赤面しながら文字を打ち込む沙羅の姿がありありと想像できる。

『キスしたなんて言ってないですよ』

『ごめんけどバレバレだからね？　沙羅』

『結奈さんデタラメ言うのは良くないです』

『今からビデオ通話できるなら信じれるけど』

そこで顔が赤くなっていなかったり、視線が泳いだりしていなければ沙羅を信じられるが、沙羅は色恋が絡むと非常に分かりやすい。

そこが彼女の魅力であり可愛いところでもあるのだが。

『こ、降参します。なのでどうか凜さんにはキ、キスのことは……』

ぞっと身の毛がよだった熊のスタンプを追加で沙羅は送信してくる。

結奈は目尻を下げ穏やかな表情でメッセージを打ち込んだ。

『凛に知れたらずっとイジッてきそうだしね。内緒にしとく』

『は、はい。お願いします』

沙羅のおかげもあってか……大分、結奈の気分は軽いものになった。

その気持ちのまま彼女は少女漫画好きな同志――Haru へとメッセージを送る。

『Haru さん、その前回の詫び込みでさ……ちょっと遊びに出ない？』

デートではない。

ただいつもの少女漫画談義のオフ会とは違った要件で晴也を誘うのは、今回が初めてのことだった。

沙羅の『デート』発言が思った以上に結奈の気にかかっていたらしい。

（……普段から Haru さんの愚痴や相談には付き合ってるわけだしさ。偶《たま》には私のストレス解消に付き合ってくれても問題ないよね）

結奈は内心でこれはデートじゃない、と何度も反芻《はんすう》した。

第二章　結奈の逃避

nazeka S-class bizyotachi no wadai ni ore ga agaru ken

六月って嫌いな月だ、と思うことがある。

鈍色《にびいろ》の空に降りしきる雨。

先日まで続いていた晴天が嘘《うそ》のようで今や外は梅雨の気配を漂わせている。

なにも晴也《はるや》は梅雨の時期だからという理由だけで六月が嫌いなわけじゃない。

――祝日がない。

これが一番の嫌う理由だった。

お陰様で雨にもかかわらず土日以外は毎日、億劫《おっくう》な気持ちで学校に行かなければならないのだから。十二月も祝日がない月だが、まだ六月に比べればマシなほうだろう。

祝日はないにしても冬休みが待っているうえに、雨が続く時期でもないからである。

ザーッと降りしきる雨の音を耳にしつつ、晴也は両腕を枕変わりにして眠りにつこうとするものの、席近くで甲高い声がどうしても耳に入ってしまった。

それは沙羅《さら》、結奈《ゆな》、凜《りん》――S級美女達のやり取りだ。

「――――結奈りん、調子戻ったみたいでよかった。もう大丈夫そう？」

凜が心配そうに結奈の顔を覗《のぞ》き込《こ》んで尋ねる。

「ごめん。最近は私らしくなかったと思うけどもう戻ったから」

「ホント良かったぁ」

穏やかな表情を向けてから凜は続ける。

「触れちゃいけないとこ触れたと思ったら、私もうどうしたらいいか分かんなくて。私が逆の立場だったら凄《すご》く嫌だから」

「ごめんごめん。そんな暗い顔しないで凜。それから沙羅も心配をかけてごめんね」

「い、いえ……元に戻ったのでしたらそれに越したことはありません」

そんなやり取りを交わしていると、凜が突然、背筋を伸ばして目に光を宿した。

「……この感じ、結奈りん。ひょっとして恋？」

「いや違うから」

結奈は動揺せずに即答する。

「じゃあまだ未満って感じか〜」

「未満ですらないけど」

「でも男子絡みってことでしょ……？」

凜は顔を寄せてヒソヒソ声で柔和な笑みを浮かべる。

すると、なぜだか……沙羅が頰《ほお》を紅潮させて結奈を見つめていた。

先日の結奈との個別メッセージのやり取りを思い出したのだろうか。

(……え、ひょっとしてデート相手を見つけられたのですか？　結奈さん)

そして思い出すのは自分で墓穴を掘った〝キス〟発言。

そのせいで沙羅は落ち着きが見られなくなっていた。

無意識に顔を朱に染め、時折チラッと晴也の席に視線を飛ばす。

そんな沙羅の様子を凜は見透かしたように微笑《ほほえ》んだ。

「沙羅ちんも結奈りんも頑張ってるみたいで羨ましい。私もいつかきっと……！」

拳を握り込んで瞳を闘志の炎でメラメラ燃やす凜。

そんな凜を「いや違うよ、ほんと」となだめる結奈。

そして時折チラチラと机に顔を突っ伏す晴也に視線を寄越《よこ》す沙羅。

晴也は顔こそ上げないものの、その視線をオーラとして受け取っており、内心では冷や汗をだらだらと流していた。

(姫川《ひめかわ》さんはてっきり俺が寝てるって思い込んで恋バナしてるみたいだけど、しっかり起きてるから……あんまりこっち見ないでくれ)

目立ちたくない一心で祈る晴也だったが、その休憩時間は正直言って生きてる心地がしなかった。

＊＊＊

鬱屈な日々が過ぎ、迎えた土曜日。

空は曇天模様が続いているが、雨が降り出す気配はない。

晴也は裏の顔でお洒落《しやれ》を決め込み、待ち合わせ場所であるショッピングモールへと訪れていた。

天気が優れない日はなるべく外出を控える晴也だが、今日はいつもとは違った様子。

ことの発端は先日 Nayu から遊びに誘われたことだった。

（……オフ会じゃなくて、遊びって言ってるからなぁ。変に意識しちゃうんだが）

Nayu との付き合いは決して短くない。

いつも通りならオフ会として誘う彼女だが、遊びに出よう、と提案されたのは今回が初めてのことだ。

そわそわしてしまうのは無理もないことだろう。

そういう訳で、ショッピングモールの入り口前に五分ほど待っていると Nayu が「お待たせ」とやってくる。

サングラスに大人な女性を醸し出す服装。

Nayu らしい普段通りの『可愛《かわい》い』というより『美しい』の言葉が似合う恰好《かっこう》だ。

「あ、えっと……」

「ん？」

「これって」

晴也が動揺を隠せていないことを悟ったのか、結奈は淡々と続けた。

髪をくるくると指で巻きながら。

「言っとくけどデートじゃないから。いつものオフ会ってわけでもないけど。変に気構える必要はないよ」

どうやらバレていたらしい。

短くない付き合いだからか、晴也の考えていることくらい彼女にはお見通しのようだ。

「じゃあ、今日のこの集まりって……」

「私の憂さ晴らし……付き合ってもらおうと思ってさ」

口の片端を上げて彼女は白い歯を覗かせる。

からっと耳元で光るピアスも相まってか、Nayu のその表情は普段より可愛らしく見えた。

いつもなら適当にファミレスやら喫茶店で少女漫画談義を繰り広げ、そのまま解散するのがオフ会の一連の流れだったため、こうして肩を並べて Nayu とショッピングモールを見て回るのは新鮮だ。

　エスカレーターで移動しながら Nayu が言った。

「私の憂さ晴らしとは言ったけど、この間のオフ会……変な空気にしちゃったし、Haru さんが行きたいとこあるなら遠慮せず言ってくれていいから」

「分かった。でも Nayu さんの行きたいとこ行こう。俺はそれに付き合うから」

「おっ、できる男ってやつ？　……ってあれ、どうしたの？　落ち着きがない様子だけど」

「……なんか Nayu さんと一緒だと点数つけられてるみたいで変に緊張しちゃって」

　Nayu は重度の少女漫画好き。

　数多《あまた》の恋愛を見ている彼女であるから、自分の一挙手一投足が採点されているような気分にさせられるのだ。

「そんな身構えないでいいって……。いつも通りの Haru さんでいてくれたらそれでいい」

「分かった」

　彼女がいつも通りの自分をご所望なら気負う必要はないだろう。

　そんなやり取りをしながら六階に着くと、Nayu はゲームセンターのコーナーへと足を踏み入れる。

「……じゃあ約束通り付き合ってもらうから」

「う、うん」

かくして晴也は Nayu の憂さ晴らしに付き合うことになったのだが……。

「――ちょ、ちょっと Nayu さん⁉ 子供が引いてるから」

それはメダルゲームをしている最中のことだった。

そもそものきっかけは「なるべくお金をかけず精一杯遊びたい……」との意見が始まりで、メダルゲームが最適との話になり、今は釣りがテーマのメダルゲームをしている。

今日が週末であるからか、同じメダルゲームで遊ぶ子供達が何人か見られた。

そんな子供達から Nayu に対して、興味、憧憬、尊敬、あるいはドン引きしている視線が向けられている。

無理もないだろう。

サングラスをかけたお姉さんがこの場にいる誰よりも素早くリールを回し、魚を大量に釣り上げていたからだ。

おかげでこの魚は Nayu の独占状態にあった。

そんな Nayu のあまりの熱量と懸命さに晴也は苦笑いを浮かべるほかない。

「Haru さんはどれだけメダル増やせた?」

「Nayu さん気合い入れすぎなんじゃ……。こっちはもうメダル切れそうだけど」

「そっか。なら私のメダル全然分けるけど……」

と、そこで子供達を見やる晴也の視線を追うNayu。

周囲を見渡すと……顔を少しだけ赤くした。

大人げなく魚を独占し大量のメダルを得た自分の姿を振り返り恥ずかしくなったのだろう。わざとらしく咳払《せきばら》いをしてから彼女は口を開く。

「……も、もうメダルゲームは飽きたね。つ、次いこっか」

「あ、うん」

意外な彼女の一面に晴也は思わず微笑ましくなってしまう。

何倍にも増えた大量のメダルを子供達に渡してから「魚独占しちゃってごめんね。これあげるからお姉ちゃんのこと許してね」とNayuは伝えていた。

「ほ、ほら……私のこと笑ってないで次いくよ？　Haruさん」

どうやらバレてしまっていたらしい。

表情はサングラスで確認できないが、彼女の耳は少し赤くなっている。

「はーい。分かった」

そう言って晴也はNayuに続いたのだが……続くゲームでも晴也はNayuに対して少年っぽさを感じざるを得なかった。

……メダルゲームに続き、彼女は音ゲームやパンチングマシーンでも身体を大きく使っていたのだ。

アクティブな動きは普段のクールな彼女からは想像もつかず驚かされる晴也。

そこに乙女らしい姿はお世辞にも一切、感じられない。

ただ純粋にゲームを楽しむ少年のような姿がそこにあった。

一見クールな容姿のイメージとは違い、Nayu は熱い闘志を心の内には秘めているのだろう。

ちなみに彼女のパンチングマシーンではか弱い女子からは決して鳴らない鈍い音が響いていたことから、

（絶対、Nayu さんを怒らせないようにしよ……）

と、晴也は身の毛がよだつ想《おも》いをした。

（短くない付き合いだとは思ってたけど、Nayu さんのこと俺って思った以上に全然知らないみたいだな）

晴也は新鮮な気持ちになった。


さて、そんな感じで一通りのゲームを楽しんでいるとふと Nayu の足が止まる。

「あれ、Nayu さん？」

「………」

視線の先を追うと、それはバスケットゲームの筐体《きょうたい》だった。

子供達が楽し気に「えい、えい」「入れ、入れ」と制限時間までいっぱい得点できるようにバスケゴールに目掛けてボールを何度も投げている姿が目に映る。

Nayu はそんな子供達をどこか遠い目で物思いに耽《ふけ》るように見つめていた。

やはりバスケに未練があるのだろうか。

以前のオフ会でたまたま知り合った他校の女子生徒――小野井《おのい》のことが晴也の脳裏をよぎった。

何かしらの理由があって Nayu はバスケを辞めてしまったらしい。

……もっとも、詳しい事情は全く知らないのだが。

「あ、ごめん。Haru さん。……何でもないよ」

「………」

本当にそうなのだろうか。いや嘘に決まっている。

先ほどまで明るかった彼女の声が、この一瞬で低く沈んでしまったような気がしてならない。

『Nayu さん、本当になんでもない？』

そんな言葉が喉で詰まって口には出せない。

どこまで踏み込んでいいのか、彼女の地雷に触れてしまうのではないか。

そんな懸念もあったが、晴也は Nayu の沈んでいる様子から手を差し伸ばさずにはいられなかった。
「Nayu さ――」
と、ちょうどそんな時だった。
晴也は目を見開き固まる。
彼の視界の先に映っていたのは、沙羅と凛の姿だ。
S級美女の二人が談笑している姿が目に留まったのである。
晴也はただ沙羅一人に視線を一点集中させて固まった。
凛の姿を晴也は視界に捉えていない。
(な、なんでこの場に姫川さんがいるんだよ……)
考えてみれば今日は週末だった。
それも場所は人の多いショッピングモールときている。
知り合いに遭遇する可能性は十分にあった。
(え、嘘だろ……なんでよりにもよってこっちに来るんだよ)
彼女に気づかれてはまずい。
咄嗟《とつさ》に晴也は Nayu の手首を摑《つか》んで駆け出す。
「――え、ちょ」
近くにあったプリクラの筐体に入って晴也は気配を殺すことに努めた。

「……は、Haru さん？」

　動揺した声を漏らす Nayu にシーッと人差し指に手を当て内心で冷や汗を流す晴也。

彼女はもの言いたげな視線を向けてきたが、晴也の必死な様子に観念したようだ。

　眉を曲げながらも、しばらくそのままでいてくれる。

「沙羅ちんさぁ……自分からデートでも誘っちゃいなよ」

「い、いえ……この時期は湿気があって偏頭痛になりがちなのでお遊びはなるべく自粛するようにしてるんです」

「え〜嘘⁉　無理してるなら……その、ごめんね」

「あっ今日はまだ全然マシなのでお気になさらないでください」

「そっか。にしても結奈りんも誘ったんだけど……用事ってことで断られちゃった。ひょっとしてデートでもしてるのかな」

「ふふっ、凜さんは変わらないですね」

とか。

　そんな会話を交わしながらプリクラの筐体を通りすぎる沙羅と凜。

　二人の声が遠くなったのを確認してから晴也は安堵《あんど》の息を零《こぼ》した。

が、Nayu は混乱していて頭が回っていなかった様子。

「……っ、あ。Nayu さん……ご、ごめん」

と、そこで晴也は今の体勢を認識する。

Nayu がもの言いたげな視線を向けてくるのも仕方がないだろう。

彼女を壁に追いやって壁ドンしてしまっていた。

おまけに顔が近かった。

「……そ、そこまでしてプリクラ取りたかったんだ。Haru さん」

「え、いや……」

どうやら変な誤解をされているらしい。

「そんな食い気味に頼んでこなくても言ってくれればよかったのに」

「あっ、いや。別に Nayu さんとプリクラ取りたくて引き込んだわけじゃ……」

変態だと思われてはまずい、と晴也は焦った。

だが状況証拠として言い逃れはできそうもない。

特に壁ドン。……何やってるんだ。傍から見たら最悪じゃないか。

思わず慌ててしまうと、Nayu はくすっと笑って穏やかな表情を向ける。

「分かってる。大方、その……し、知り合いとはち合わせそうになったとかそんな感じでしょ？」

彼女は少しだけ小さな声で照れくさそうに言った。

（ん？　なにその反応。もしかして Nayu さんも知り合いだったとか？　姫川さんと）

いやあり得るわけがない、とその可能性を晴也は一蹴する。

それから動じることなく続けた。

「そうそう！　そんな感じ。というより、分かってたなら心臓に悪いから揶揄《からか》わないでほしいんだけどな」

「Haru さんの動揺ぶりが新鮮だったから……つい。ごめん。でもいきなり迫られて私だってびっくりしたんだから、おあいこってことで」

「それは本当にごめんなさい」

晴也は心から謝罪した。

＊＊＊

満足いくまで楽しんだ、ということで晴也達はゲームセンターを後にしショッピングモールの七階に位置するラーメン店に昼食を食べに来ていた。

晴也は店一番のオススメ味玉味噌《みそ》ラーメンの大盛りを、Nayu は激辛味噌ラーメン並盛りを注文する。

苦いものは得意だが辛《から》いものが苦手な晴也にとって、Nayu が頼んだ商品は見た目からして口が痛くなりそうだった。

互いの注文品がそれぞれ届くと、食事前の挨拶をしてから、晴也達は麺をすすった。

食べながらいつものように少女漫画の話で盛り上がろうとすると、彼女はその話題を遮った。

「Haru さんこのラーメン、ちょうどいい辛さで美味《おい》しいから良かったら一口」

ふと Nayu が器をこちらに寄越してくる。

（あっ……せっかくの少女漫画談義が）

遮られはしてしまったが、特に気に留めることなく晴也は彼女の差し出した器を見つめた。

「いやもう見た目が真っ赤だし……俺、辛いの苦手なんだけど」

「一口だけ、そんなに辛くないから」

激辛と謳《うた》ってる商品であるから辛くないわけがないのだが……。

Nayu の挑戦的な表情を見ると、一口くらいは食べざるを得なかった。

頑張って一口すすってみると、口の中をヒリヒリとした痛みが襲ってくる。

思わず顔を歪《ゆが》め、お冷やを喉に流しこんだ。

「か、辛い……。Nayu さん全然辛いって」

悪態をつきながら言うと彼女は満足そうに微笑む。

「普段ブラックコーヒーで私が味わってること、これで分かった？」

案外、根に持たれていたらしい。

一言謝って激辛ラーメンの器を彼女に返す。

「ところでNayuさん、今のところ……良い憂さ晴らしになってる？」

「あ、うん。今日のお出かけでHaruさんが辛いの無理なこと知れたし」

「ちょ、ちょっと今後どこに連れまわす気だ？」

「言われなくても検討、ついてるんじゃない？」

（嫌だ、これからオフ会の集合場所が激辛店になるなんて絶対嫌だ！）

と、内心で焦っていると上品にNayuは微笑む。

そんな姿を見て晴也は思わず突っ込んだ。

「俺もNayuさんの意外な一面を知れてよかったよ」

「ん？　どんなところ？」

「少年っぽいところ」

「少年っぽい？」

「うん。普段のNayuさんからはちょっとイメージつかないくらいやっきになってゲームしてたから」

あまり乙女らしくない。

そんな意味もかねて、少しからかうような口調で言ったが、Nayuは動じることなくむしろ余裕な態度で答えた。

「仮初の姿を見せる女の子と素を見せてくれる女の子。Haru さんは後者のほうが好みだと思ってたけど……違った？」

違わない。

前者は逆に晴也が苦手とするタイプだ。

「むしろ私はギャップがあって高評価だと思ってる」

「実際その通りだけど、自分で言うあたり隙がないな」

「まぁ、でも Haru さんの中で私の評価が『少年』になっちゃってるのも癪《しゃく》だからさ。……女の子らしいとこも多少は見せたほうがいいのかもね……」

髪をくるくると指で巻いてそっぽを向く Nayu。

「女の子らしいとこって……」

別に女の子だと Nayu さんのことは思ってるが、きっとそういうことではないのだろう。

「この後は服を見にいくから」

ちょうど衣服の買い足しを検討していたところなので晴也としても助かった。

「了解。服を見終わったら付き合ってもらいたいとこがあるんだけどいい？」

「ん、分かった」

上品に激辛ラーメンをすする Nayu に晴也は率直に感じたことを口にする。

「それにしてもいつものオフ会とは違った感じで新鮮だな」

「……私が少年ぽくって、その上隙のない女だって判明したからね」

「そうそう」

領《うなず》くと Nayu は淡々と続ける。

「そして Haru さんは意外と肉食系だってことが判明した、と……」

プリクラで晴也が彼女を壁ドンしたことを言っているのだろう。

「す、すいません」

「ごめんごめん、冗談。もう擦らないから」

そう言って Nayu はラーメンをぺろりと平らげた。

(その切り札、殺傷力高いのでホントお願いしますよ……?)

＊＊＊

ラーメンを美味しくいただいてから、晴也達はショッピングモール四階に併設されているアパレルショップへと足を運んでいた。

服を見にいくのを提案したのは Nayu だが、晴也も晴也で服に興味があるのでチョイスとして悪くない。

Nayu も自分用の服をじっくり見たくて提案してきたのだろう。

メンズとレディースの商品は扱っている場所がそれぞれ異なるため晴也は Nayu にこう声をかけた。

「じゃあ、お互い店の外で待ち合わせにしようか」

建設的な意見だと思ったのだが、短めのため息をつかれて、

「それ本気で言ってる？　それじゃあ一緒に来た意味ないから……」

と、軽く一蹴されてしまった。

彼女の憂さ晴らしに付き合う名目で今日は外出しているため、Nayu の言うことにはなるべく従うことにしているが、ぐいぐい距離を詰めて何着か服を手に取り「これ可愛いと思う？」と感想を求めてくるのは勘弁してほしかった。

今、Nayu がレディースの商品を見て回るのに晴也は付き合っている。

水色の半そでシャツと赤のロングスカートを手に取ると Nayu は尋ねてくる。

「ねぇ、これセットできたら可愛いと思わない？」

「可愛いと思うけど……」

脳内で今彼女が手に取っている衣服を Nayu が着用した姿をイメージしたが、似合っている姿しか思い浮かばない。

「そっか。じゃあ着てみるから待ってて……」

更衣室に入ってカーテンを閉める Nayu。

こうして佇《たたず》んでいると晴也が感じるのは、デートっぽいな、ということ。

試着する女性をカーテンの前で待つ男性。

その構図がもうデートのそれだった。

……もっとも本人に直接聞けば否定されてしまうだろうが。

「どうかな……似合ってる？」

サングラス姿のまま出てきた Nayu だったが、見繕った服は抜群に似合っていた。

「似合ってる」

真顔で即答すると、Nayu は一瞬固まってからぶつぶつとその場で呟《つぶや》く。

「……そ。ずいぶん余裕な感じじゃん…… Haru さん」

「え、なにかまずかったか？」

「別に。ありがとう……。これは値段も良い感じだし買おうかな」

気に入った服を見つけたはずなのに、彼女はどこか納得がいっていないようだった。

そもそも Nayu は晴也の取り乱す姿を見たくて服を見て回ることを提案したのだ。

少年っぽい、と言われたのを実は気にしており、大人な女性のイメージを晴也に再び抱かせたいと Nayu は考えている。

なのに自分が可愛らしい服を着ても、余裕そうな態度で晴也は「似合ってる」と答えるものだから彼女は不服なのである。

「……ボーイッシュな服も欲しいって思ってたからそれも見てくれる？」

「了解」

そんなやり取りを交わして、彼女が再び更衣室からでてくると——。

「………………」

晴也は思わず息を呑んで視線をそらした。

彼女が着ていたのはロゴの入ったゆるめの白シャツに黒のショートパンツ。

もともと彼女が身に着けている装飾品も相まってか、シンプルな服装なのにNayuの放つ大人な女性の魅力が引き立っていた。

「Haruさんはこういう足が出てたり身体のラインがくっきり分かる服装のほうが好みみたいだね……」

自分の性癖が見透かされているようで晴也は恥ずかしくなる。

その通りだった。

先ほど試着していた服よりも今の服のほうが目のやり場にも困るし晴也好みの服装だ。

「どう？　似合ってる？」

答えなんて分かりきっているはずなのにわざとらしく尋ねてくる。

「に、似合ってると思う」

目を逸《そ》らしながら答えると、Nayu は満足そうに「可愛い。これも買っとこ……」と呟いた。

(少年のままの印象にならなくてよかった……)

思わず内心で安堵の息を零す Nayu。

そんな彼女の姿を見ながら……晴也は頭の片隅でそれとは一切関係のないことを考え始めていた。

「Nayu さん。ちなみに次の場所は俺の行きたいとこでいいんだよな?」

「うん、そういう話だったしね」

それからしばらく服を見て回り……晴也達は何着か互いに服を買うことになった。

＊＊＊

大型ショッピングモールの付近には、比較的大きめの公園が位置している。

衣服を買ったあと、晴也達はその公園へと赴いていた。

今は木製ベンチに腰をかけながらのどかな自然を感じている。

(……何とか外に連れ出すことに成功してよかった。姫川さんと鉢合わせでもしたら洒落にならないからな)

もし鉢合わせでもしたら……。

少し想像しただけで胃がきゅっと締め付けられた。

ゲームセンターで沙羅を見かけてから、とりあえず外に出たいと思っていた晴也。

店内を見て回っていた時、実のところ晴也は常に「姫川さんと鉢合わせしないよな……鉢合わせしないでください」と内心ハラハラさせられていたのである。

Nayu と食事をしていた時も服を見て回っていた時も、ずっと心のどこかで早くその場を離れたい自分がいたのだ。

それでも暫《しばら》くショッピングモールにいたのは Nayu の憂さ晴らしに今日は付き合うことを決めていたから。

（でもようやく好機がきたのだ。外に出てゆったりとしながら姫川さんのことを気にせず……少女漫画談義がこれからできる！）

晴也は少女漫画談義をいつも以上に心待ちにしていた。

そしてそれが Nayu の憂さ晴らしにもなると考えていた。

前回のオフ会では少女漫画の布教が叶《かな》わずに終わってしまったのだ。

それどころか、「まだまだね」と彼女から少女漫画の知識の浅さを指摘される始末。

大の少女漫画好きとして……晴也は悔しかった。

同志の彼女を見返したかった。

そのために晴也は新たな少女漫画を開拓しようと……ここ数日読みあさっていたのだ。

(見返してみせるからな…… Nayu さん。そしてまた互いに少女漫画を布教しあおう)

内心で闘志を燃やしながら隣に座る彼女を晴也は見つめた。

「Nayu さん。少女漫画のことなんだけ――」

と、そこで晴也は言葉を呑む。

なぜかと言えば、Nayu はどこか遠くを見ていて呆然《ぼうぜん》としていたためだ。

目元はサングラスで隠されているが、意識がこちらに向いてないことだけは確かだった。

「……あっ、ごめん。Haru さん……少女漫画だっけ?」

ふと晴也の視線に気づいたのか、彼女は顔をこちらに向ける。

「そうそう! この間読んだ――」

彼女の意識がこちらに向いたところで晴也は少女漫画を語りだした。

最近読んだもので面白かった点や展開など。

(この少女漫画なら…… Nayu さんは知るまい)

ドヤ顔を決めながら彼女に布教する晴也だったが、Nayu はそれでもどこか浮かない様子だった。

大好きな少女漫画の話であるはずなのに食いついてくることはなく、ただ時折相槌《あいづち》を打つだけだ。

明らかに Nayu の様子はおかしかった。

そこで晴也は時折チラッと彼女が視線をバスケットゴールに向けていることに気付いた。

――ダンダン、ダンダン。

Nayu の視線の先ではボールを弾ませながら子供達がバスケで遊んでいる。

バスケットゴールの周りには子供達の自転車が数台止められていた。

「……Na、Nayu さん？」

おそるおそる声をかける晴也。

とその時、バスケボールがベンチ……晴也達の足元に転がってきた。

「す、すいませ～ん」

一人の少年がボールを取りに晴也達のもとまで駆け寄ってくる。

「………」

Nayu はそのボールを手に取って呆然と網目を見つめていた。

「あ、あの………」

少年が困惑した様子で後頭部を掻いている。

「Na、Nayu さん………だ、大丈夫？」

目とボールの間で手を振って晴也は心配の声をかけた。

すると Nayu は我に返ったのか「……ごめんね」と一言謝ってからボールを少年に手

渡す。

「ありがとう。お姉ちゃん」

純真無垢《じゅんしんむく》な笑顔を向けて少年は仲間達のもとへと戻った。

その姿を呆然と彼女はずっと見つめている。

「Nayu さん、バスケのことだけどさ……何かあったの？」

さすがにこの様子では振れないわけにはいかず晴也は尋ねた。

「……なんでもないよ」

数秒遅れて、Nayu は返事する。

「なんでもないってそれはさすがに無理が……」

今日だけでも彼女がバスケに反応を示している場面は二回もある。

一回目はゲームセンターでのこと。

二回目は現在、公園でのこと。

「………っ」

自分でも無理があると悟ったのだろう。

彼女は口をしばらく結んでからふうと一息ついた。

「なにか小野井から聞いたりした？」

「いやあの子からは何も聞いてない。それはマナー違反だと思うし」

「そっか」

じゃあこれ以上は聞いてこないで。

そう言いたげな視線を彼女は横目で送ってきた。

それでも晴也は黙って先を促す。

すると、Nayu はわざとらしくため息をついた。

「Haru さん、オフ会のルール忘れた？」

「生憎《あいにく》……今日はオフ会じゃなくて Nayu さんの憂さ晴らしってことになってる」

「……っ」

一本取られたと思ったのか、彼女は悔しそうに下唇を噛《か》みしめた。

そしてそのまま立ち上がる。

「……余計な詮索はしないで」

明確な拒絶。

今まで見たことないほどの冷たい声と表情で Nayu は吐き捨てた。

あまりの剣幕《けんまく》に何も言えないでいると、踵《きびす》を返し、

「ごめん。今日は帰るから」

とだけ言って Nayu は歩いていった。

寂しそうな彼女の背中に晴也は一言だけ声をかける。

「Nayu さん本当はバスケ好きなんじゃないのか？」

「…………」

彼女は無言のまま立ち止まることはなかった。

遠くなる Nayu を見つめながら晴也は続ける。

「俺なんかで良かったらさ。いつでも話は聞くからな」

「…………」

特に何かを言うわけでもなく彼女は歩み去っていく。

心の距離が離れた気がして晴也は思わず下唇を噛みしめた。

＊＊＊

Nayu の憂さ晴らしに付き合った週明けの初日。

朝のホームルームを控えた晴也のクラスではいつも以上のざわめきを見せていた。

その原因はクラスの高嶺《たかね》の花《はな》であるS級美女達の恋バナにあった。

沙羅の恋バナについてはクラスメイトも慣れてしまっていたようだが、他のS級美女の恋バナとなると想定外のことらしい。

男女問わず目を丸くさせクラスメイトは固まってしまっている。

そんななかでも、晴也はいつも通り机に顔を突っ伏し寝たフリを決め込んでいた。

聞き耳を立てているわけではないが、Ｓ級美女達の会話は晴也の耳にも入ってくる。

生徒達がいつも以上にＳ級美女達へ視線を向けるのは、

「……そういえば昨日、初めて男子と二人で遊んできたよ」

ふと雑談で賑《にぎ》わうなか、結奈がぽつりとそう呟いたのが始まりだった。


「え、結奈りんって好きな男子っていたっけ？」

目に光を灯《とも》して凛が尋ねる。

「誰も好きとはいってない。恋愛感情はないよ」

「え、なのにデートしてきたの？」

「デートじゃなくて……いや、うん。デートなのかも」

説明がめんどうくさくなったのか、結奈は小さく頷いた。

「だから昨日は遊べなかったんだね、納得。男子がいたなら話は別だもんね！」

露骨にテンションを上げる凛。

「デ、デートどうでした？　気分は晴れましたか？」

珍しくそれまで黙っていた沙羅が食い気味に結奈の顔を覗き込む。

結奈は苦笑を浮かべながらもクールに答えた。

「――うん、沙羅。楽しめた、ありがとね。気分転換になったよ」

「それは良かったです！」

胸に手を当て安堵の息を零す沙羅に対して、凜は「詳しく！」と結奈に詰め寄る。

「相変わらず恋バナになると凜はグイグイだね。……まあ私も話す気でこの話をしたから話すけどさ」

ふっと小さく息をつくと、結奈の告白が静かに始まった。


――それはちょうど昨日のこと。

約束してた男の子と一緒にゲームセンターを中心としてまず遊んだんだ。

メダルゲームをしたり太鼓を叩くゲームをしたり、とにかくたくさんのゲームを楽しんだよ……。

愛想なんて振りまかず、昨日の私は素のまんまで振る舞ってた。

だからきっと心の底から楽しめたんだと思う。

でもそのせいで子供っぽく思われたみたいだけど。

なんか、それがちょっとだけ癪だった。ちょっとだけね。

そのあとはラーメンを食べにも行ったんだ。

相手がさ……辛いの無理みたいで辛そうに顔をしかめてた。

そっちが子供じゃんって思ってさ……楽しかったな。

少し仕返しができて嬉《うれ》しかったけど、でもやっぱり少年って思われたままなのが嫌だったから、服を見て回ることにしたんだ。こう……少しくらい女子力を見せつけたくてさ。

それでね……最初は余裕そうに私が試着した服を見てたんだけど、途中から歳《とし》相応の男の子の反応をしてくれたから、勝った、と思えて、それから可愛くも見えて嬉しかったな。

それからは……………ううん。何でもない。そのまま解散した。


「――――と、まあそんな感じ。トータルとしては結構楽しめたかな」

穏やかな表情を沙羅と凛に向けて結奈は話を締めた。

「え、なにそれ。え、結奈りんが……あの結奈りんがせ、青春してる」

凛はあまりの衝撃に固まっていた。

自分が置いていかれてる、と痛感してしまったのだろう。

「結奈さん、甘酸っぱいです！　もっとお聞きしたいです」

「あはは、別に恋はしてないんだけど……でもうん。悪くないね」

結奈は沙羅と凛に実体験を話してみて心が軽くなっているのを感じた。

「立派なデートじゃん。いいな～私もしたい。沙羅ちんと結奈りんみたいな恋が」

「沙羅はともかく私は恋じゃないから、凜。安心して」

両手を組んで羨ましそうに二人を見つめる凜だったが、そんなS級美女達のやり取りをクラスメイト達はひっそりと聞いては驚きを隠せないでいた。

(姫川さんに続いて高森《たかもり》さんも恋してるって……)

(一体、どんな相手なんだろ……)

(ぜったいイケメンなんでしょうね)

ヒソヒソとした声が教室のそこかしこで響いている。

そのどれもがS級美女である結奈の恋バナに関するものだった。


さて、そんなクラスメイト達が話題を一つにして賑わうなか。

晴也はといえば頭の中が真っ白になってしまっていた。

(え、嘘だろ……いや、何かの間違いに決まってる)

そうでなければ、沙羅に続いて結奈までも知らぬ間に交流してしまっていることになるのだから……。

(ショッピングモールでゲーセン、それからラーメン。聞けば聞くほど既視感しかない)

自分でも考えないようにはしていたが、そういえば Nayu とS級美女のうちの一人は同じ『高森』の苗字《みようじ》だった気がする。

考えれば考えるほど二人が同一人物だと頭が訴えてくる。

(……い、いやそんな偶然があるわけがない)

姫川さんはまだしもNayuさんまで同じクラスだなんて、そんなことはありえないはずと何度も内心で自分に言い聞かせる。

だいたい、昨日のNayuとの別れ方は酷《ひど》いものだった。

彼女の傷に触れてしまって拒絶されたのだ。

だというのに、その彼女が楽し気に昨日のことをこうして語るはずがないだろう。

(そうに違いない。そういうことにしておこう)

考え出すと頭が痛くなってくるので思考を放棄しようとすると、肩をトンと叩《たた》かれた。

「……ち、違うからな！」

思わず声を荒らげる晴也。

「いや、俺はまだなにも言ってないんだが……」

晴也のもの言いに少し引きながら風宮《かざみや》は答える。

「姫川さんに続いて高森さんも恋バナときてる。最近はS級美女達も変化してきて――って、おい、まだ話の途中だぞ」

机に顔を突っ伏したまま晴也は会話を拒んだ。

今はもう何も考えたくなかった。

混乱してしまっているためだ。

「でも、高森さん。部活の話が教室でされるようになってから雰囲気変わってたのに、今は元に戻ってるから、相当デートが楽しかったんだろうな」

風宮は晴也の耳元まで近づいて言った。

「し、知らない。大体なんでそんなことをわざわざ俺に伝えるんだよ」

「赤崎《あかさき》と仲良くやっていきたいからだよ」

おどけた様子で言ってくるこの男の真意は一体なんなのだろうか……。

興味はないものの、晴也は面倒くさげに答えた。

「なら、話を振ってこないでくれ」

「それじゃあ仲良くできないだろ？　……っておい、寝たフリはやめて」

ざわざわと賑わう教室のなか。

晴也の心も同じで決して穏やかとは言えなかった。

＊＊＊

昼休み。

雲がいっぱいに空を覆うなか、晴也は屋上へと訪れていた。

ここ数日は梅雨の影響で屋上に立ち入れなかったため、沙羅と昼食を一緒にする機会は減っていた。

だが、今日は雨が降り出していないためこうして屋上へとやってきたわけだ。

沙羅よりも一足早く着くと大の字で寝転がって曇り空を眺める。

何を考えるわけでもなくただ無心で空を見つめるだけで張り詰めた心が幾分か楽になったような気がした。

――ガチャッ。

錆《さ》びついて壊れたドアが開かれる。

沙羅が弁当を手に持って恭しくこちらまでやってきた。

このままだと晴也は意図せず沙羅のパンツを見てしまうことになるため、気だるい身体を起こし、傍に置いていた自分の弁当箱を手に持つ。

「お待たせしました、赤崎さん」

「いやそこまで待ってないから大丈夫」

「今日はお昼ご一緒できてよかったです！」

「そうだな……」

「あまり元気がないみたいですけど、何かあったんですか？」

沙羅は目敏《めざと》く感じとり、晴也の顔を覗き込む。

呆然としている原因は結奈＝ Nayu だと晴也が確信しつつあることだった。

晴也は小さく息をつくと弁当箱を開く。

「ごめん。ちょっと考えごとしてただけだから」

「――そ、そうですか」

と、適当に雑談しながら昼を過ごすものの、沙羅が勇気を振り絞ったような声で呟いた。

「あ、あのっ……また私とお出かけしないですか？」

「え、えっとどうして急に？」

「そのっ、同じクラスの友達なんですけど……結奈さんのデートの話を聞くと羨ましくなってしまいまして」

身体をもじもじさせながら上目遣いで窺《うかが》ってくる沙羅。

狙ってやっているのではなく、自然とこうした表情を向けてくるものだから憎めないところだ。

「ただ、梅雨の時期なのが悔やまれます。私、偏頭痛持ちでして……なので梅雨が明けたらまた一緒にお出かけしてほしいんですが駄目ですか？」

沙羅には正体がバレてしまっている以上、晴也は駄目ということができない。

むしろ断ってしまえば、S級美女達の話題のなかで自分が悪者扱いされそうで、想像しただけで胃が痛くなりそうだった。

「梅雨明けにお出かけか……分かった。いいよ。けどまだ先になりそうだな、梅雨が明けるのは」

鈍色の空を見上げながら晴也は言った。

「でも約束ができましたから私はそれで満足です」

心底嬉しそうに沙羅は笑みを浮かべている。

すると、何かを思い出したように沙羅は晴也の裾を引っ張った。

「約束、もし破ったなら針千本ですからね？　心苦しいですが……画びょうでも飲んでいただきます」

「え、なにそれ怖い」

真顔の沙羅に、思わず晴也は本音を吐露してしまう。

（いや、約束は守るけど……そのおまじないって本気で実行しないですよね？　いや、さすがにね？）

真意を聞くのは怖かったので晴也は苦笑いを浮かべるほかなかった。

「それにしても、私のお友達。羨ましいデートをしてたんです」

沙羅は卵焼きをぱくっと頬張りながら、話題を変える。

「羨ましいデート、か」

特に何も考えずに晴也も沙羅の隣で卵焼きを頬張るのだが――。

「聞いてくださいよ！　特に凄いと感じたのは、プリクラで壁ドンされたお話なんです」

――っ。

晴也は思わず目を見開いて咳き込んだ。

「だ、大丈夫ですか⁉」

「い、いや……それは違くて！」

必死に晴也は否定の言葉を口にする。

沙羅は予想外の晴也の反応に驚いたのか、目をぱちと見開いた。

「え？　一体、それってどういう……」

「……っ」

まずい、と焦る晴也。

（これは罠《わな》だ……というか、その話はなるべく聞きたくないんだが）

その理由は一つ。

知りたくない現実を思い知らされるから。

なんとか話をそらそうと晴也は一度わざとらしく咳払いをした。

「い、いやごめん。何でもない。それよりもさ――」

「その他にもですね！　試着室で服を見せたことも、あったそうなんです」

「………」

（やばいどうしよう。変なスイッチでも入ったのか話を聞いてくれそうにない……）

ため息を堪えながら晴也は弁当を口の中に掻《か》き込《こ》んだ。

隣から誰かさんのデート内容がつらつらと聞こえてくる。

そのどれもが身に覚えしかない内容だがきっと気のせいだ。そういうことにさせてください……。

沙羅は少し興奮気味に話し続ける。

晴也は早急に弁当を食べ終え、この場からの戦線離脱を考えていた。

＊＊＊

その日の放課後。

結奈は自室で少女漫画を読みながら、今日の自分の行動を振り返っていた。

友達との間で恋バナをする。

これまで恋バナ自体をすることはあっても、それはあくまで他の人の恋愛を聞いたりアドバイスをしたりするだけだった。

今日みたいに自分が主体の恋バナをすることは初めてのことで新鮮な感覚を結奈は味わっている。

「心が軽くなったし、なんというか悪くなかった」

沙羅の気持ちが沈んでいた時も、恋バナを通して、彼女の精神は安定していったように思える。

最近はバスケのことでストレスが溜《た》まりに溜まっていた。

その解消目的で恋バナしてみよう、と積極的に今日は恋バナをしてみたのだ。

……結果として憑《つ》き物《もの》が落ちたみたいに心身ともに回復したため大成功だったわけだが。

「人の話を聞くほうが楽しいと思ってたけど、話をするほうも案外楽しいもんなんだ……」

なにも恋愛に限らず、結奈は基本的に聞くことに徹する場合が多い。

実際に Haru との普段のオフ会でも先に話を展開するのは Haru からのほうが多かった。（この調子なら今後も嫌なことがあっても、Haru さんとの遊びの話ができれば私は持ちこたえられそうかな）

結奈はほっと安堵の息を零す。

担任からバスケ部の勧誘こそなくなったものの、視線から結奈は感じ取ってしまう。

バスケ部に入らないか、といった気持ちを。

それからまたいつ先輩がバスケ部に招待してくるか分かったものじゃない。

そして、かつての中学バスケ部メンバー小野井のこともある。

それを考えると結奈の不安は尽きそうにもなかった。

（Haru さんにまたデートじゃなくて……憂さ晴らしに付き合ってもらうことにはなるけど）

と、Haru のアカウント画面を開く結奈。

『また憂さ晴らしに付き合ってもらえる？』

そう尋ねようとしたところで結奈は思いとどまった。

（ダメ……次会ったら Haru さんは絶対バスケのことに触れてくる）

それは昨日の憂さ晴らしから確信していることだった。

そんなこと望んでないのに、と結奈はため息をつく。

また彼と会えばバスケのことを触れてくるに違いない。

しばらくは会えそうにないな、とスマホの画面を閉じた。

そして結奈は頭を掻きながら押し入れの戸を開く。

そこで奥にしまいこんでいたバスケットボールを手に取って俯《うつむ》いた。

すると、ボールから、まるで戻ってこい、という意思を強く感じてしまう。

（駄目なんだってもう……私は〝わたし〟を捨てたんだから……）

使い古されたボールの革の匂いが過去の記憶を呼び起こした。

――いつだって、わたしは完璧を求めていた。

それは幼稚園の頃の話。

かけっこでは常に一番じゃなきゃ満足できなかったし、お絵描きでも先生に一番褒められなきゃ納得ができなかった。

とにかく何でも一番。

一番以外に価値を見出《みい》だせない。

わたしは物心がついた時から我がままだった。

一番じゃないものがあればとても悔しい想いをしてしまう。

だから一番じゃなかったものでは一生懸命努力し、次こそ一番を目指す。

そんな可愛らしくない幼稚園生がわたしだった。

結果、その幼稚園では一番優秀な子になれた。


——次に小学生の頃の話。


ここで初めて転機が訪れた。

バスケットボールとの出会いだ。

体育の何気ないバスケの授業でわたしは初めて挫折を経験した。

なんでもない、たかが授業の一環で行われるバスケの試合。

……わたしのチームは完敗した。

チームの振り分けが特に悪かったわけじゃない。

運動が苦手な子もほぼ均等にチームに振り分けられていた。

きっとそんな勝敗一つに固執していたのはわたしだけだったと思う。

何より許せなかったのはわたしがチームの足を引っ張っていたこと。

誰でも苦手なことの一つや二つはあるはずだ。

それがわたしにとってはバスケだったのだろう。

悔しくて、悔しくて仕方がなかった。

ドリブルもなかなか思うようにできないしシュートもなかなかネットに入らない。

他のことでは少し練習すればすぐにできるのに、バスケではまるでできない。

こんなことは初めてで驚きだった。

そして、それと同時にわたしは喜びを感じていた。

（ぜったいこれで一番になってみせる……）

幼いながらに目に闘志を宿らせてわたしは猛練習に励んだ。

時には公園で男子の輪に交ざりながら試合をしたり、図書館でバスケの本を読んでテクニックやシュートのコツといった知識を得たり。

がむしゃらに練習を続けに続けた。

苦手なものを一番にする。

それはとても大変なことだけど、その達成感を味わいたくてわたしは頑張れた。

そんなこんなでバスケの授業があったある日。

ついにわたしの活躍でチームに勝利をもたらしたことがあった。

たかが、いち授業での試合。

勝ち負けに特別な意味を持たない試合だったけれど、わたしにとっては大変意味あるものだった。

達成感が予想以上で胸の中が幸せで包まれたのだ。

わたしはこの日を境にみるみるバスケにのめり込んでいくことになる。


――そして、最後に中学生の頃の話。


入学してから、わたしはバスケ部に入ることを決めていた。

わたしの入った中学校はバスケの弱小校。

予選大会で一回戦敗退することも珍しくないチームで、だからこそわたしは俄然《がぜん》と燃えていた。

強豪校に入って勝ってもそんなのは当たり前だ。

わたしは小学生の頃に味わった、弱小からの成り上がり、それを味わいたくて仕方がなかった。

メンバーが弱いならわたしが引っ張って一緒に強くなればいい。

そんな考えでわたしはバスケ部に入部した。

部員の人数はそこそこで、同じ一年生の入部者はわたし含めて四人。

一人だけ初心者で後は全員が経験者。

経験者といってもお世辞にもレベルが高い選手はいなかった。

けど、わたしは拳を握り込んで本気で信じていたのだ。

――このチームから必ず全国に行って、いずれは日本一になることを。

でも現実は甘くなかった。

強豪校でないから練習メニューもずいぶんと楽なもの。

強くなるために、と練習メニューの変更を進言しても顧問も先輩も乗り気になってくれなかった。むしろ先輩からは「余計なことをするな」と怒られ目をつけられる始末だ。

プレイで魅せよう。

実際、わたしがレギュラーメンバーとしてチームに貢献すれば、一部の先輩達はとても可愛がってくれるようになった。

……もっとも、一部であるので他の先輩からは目の敵とされてしまったが。

この代では厳しい。

自分の代で必ず全国に――。

そう誓ったわたしを支えてくれたのは同学年のチームメンバー、小野井美知留《みちる》だった。

小野井はわたしにライバル意識を持っているらしく、チームを強くしていくことに賛同してくれていた。

わたしと小野井はそれから二人で協力し、同じ一年生の部員に呼びかけ強化トレーニングを行うようにしていく。

『私も高森みたいなプレイできるかな？』

『――高森についていけば上手《うま》くなれるのかな……』

同じ部員のそんな言葉が何よりの支えでわたしの原動力でもあった。

この調子で自分の信じた道を走り続けばいずれは全国に――。

バスケが好きでたまらない。

わたしが進んでいるのはずっと輝いている光の道。

走り続ければ必ず報われる、皆が信じてくれる、そんな道。

でも、そんなのは〝まやかし〟にすぎないことをわたしは知ることになった。

後ろを振り返ったら誰もいない。

前を向けば光なんてどこにもない。

あるのはただ暗闇だけ。

そして、そこにわたしがぽつんと取り残されているだけだった。


ふと目を開くとそこにはボロボロのバスケットボールが目に入った。

嫌な記憶を思い出したからか、首筋からはしっとりと汗が滲《にじ》んでいる。

そんな私の頭の中にふと誰かの声が響いてきた。

『本当はバスケが好きなんじゃないですか？』

……うるさい。そんなわけないってのに。

苛立《いらだ》ちを隠せぬまま結奈はその声を否定するべく、ボロボロのバスケットボールを手に外へと駆けだした。

＊＊＊

その日の夜。

行きつけの喫茶店ではなく自宅で夕食を摂《と》った晴也は、髪をかきあげトレーニングウェアに着替えてから外に出た。

幸いにも雨は降りだしそうになく月明かりが外を照らしている。

だが空気を吸って湿気が多いことを晴也は確認した。

この様子だと偏頭痛持ちの人はしんどそうだ。

今が梅雨の時期だということを再認識しながら、晴也は準備体操を始めた。

全身の筋肉をほぐして、特にアキレス腱は入念にしっかりと伸ばしていく。

最後に深呼吸で心身をリラックスさせると、晴也は一定のリズムで駆けだした。

これは所謂《いわゆる》ランニングというやつだった。

陸上部を中学の途中で辞めてから、こうして意味もなく走ることはなくなっていたが、今ランニングをしているのは間違いなく結奈の影響が大きかった。

遅刻のペナルティとして……学校の周りを一周をさせられた時。

〝走ることが好き〟という気持ちを彼女が呼び起こしてくれたから晴也はこうして夜風に

当たりながらランニングを再開できているのだ。
過去と向き合うのはまだ難しくても、気持ちは幾分かすっきりしている。
(よし、それじゃあ……そろそろギア上げていこうか)
脳内で自分の前を走る選手を想像して晴也は追い越すために速度を上げていった。
目指す先は近場の大きな公園。
その公園の周りを三周するのが今日のノルマだ。
「――はぁ、はぁ、はぁ」
呼吸も一定のリズムに保ちながら公園の周りを駆け抜けていく。
……やはり体力が落ちている。
部活をしていた頃はこの程度で呼吸が乱れたりはしなかった。
次第に頭の中でイメージした選手と自分の距離が離れていく。いや離されてしまう。
無性に悔しさを感じながらも、晴也は公園の周りを三周した。
「………はぁ、はぁ。くそっ」
ノルマは達成したが、今の自分の記録は……正直言って考えたくなかった。
額の汗を拭いながら近場の自販機でスポーツドリンクを購入する。
少し公園のベンチで休憩してから帰ろうと思い、公園内に入ると晴也は目を見開いた。
――パシュッ。ダンダンダン。

ボールがネットを通過する音。そしてボールをバウンドさせる音。

その二つの音が晴也の耳に入ってきたからだ。

（……こんな時間にバスケしてる人がいるのか）

気配を殺してバスケゴールの下に歩みよるとそこにはポニーテールを靡《なび》かせる美女がいた。

（え、あれって Nayu さん……だよ、な）

月明かりの下、彼女は一人でバスケの練習に励んでいる。

その姿形はサングラスこそしていないものの Nayu と同じに見えたのだ。

（あのキリっとした目の感じって、クラスの高森さんと同じじゃ……）

ここまでくると晴也は確信せざるを得なかった。

いや見ないようにしていた現実を目の当たりにさせられただけだ。

（やっぱり Nayu さんがS級美女の高森さんだったんだな……は、はは）

数奇な出会いに思わず内心で苦笑いを浮かべる晴也。

だが、それ以上に晴也は彼女の動きに目が離せないことに驚いていた。

（……この違和感はなんだ？　胸が熱くなってくるこの感覚は）

俊敏な彼女の動き。

まるでどこかで見たことのあるような既視感を目の前の彼女に晴也は感じていた。

だからであろうか。Nayu がＳ級美女だと判明しても不思議と驚きが少ないのは。

もっとも、心のどこかでそうじゃないかという予感はあったのだが。

結奈は晴也に気づくことなく何度も何度もシュートを打ち込んだ。

その度に彼女の汗が月明かりに照らされて輝く。

ふっと静かに口角が上がっている結奈を認めると、晴也は瞬間、過去の記憶がリフレインした。


――中学一年の夏。


なかなかタイムが伸びずに不貞腐《ふてくさ》れ、陸上が嫌になっていた頃。

それはバスケ部の夏の大会を友達に誘われて見にいったときのことだった。

背番号11番。

弱小校のある選手に晴也は出会うことになる。

彼女は黒髪のポニーテールとキリッとした瞳が特徴的な選手だった。

背番号11番の彼女に目を奪われたのは、彼女の技術が凄かったからというだけではなかった。

チームの実力を底上げするカリスマ性。

誰よりも楽しそうにバスケをプレイするその姿勢に晴也は目を惹《ひ》かれたのだ。

彼女のプレイを見ているだけで胸が自然と熱くなってしまった。

頑張ろう、と観客まで鼓舞する——そんなプレイを彼女はしていたわけだ。

(……タイムが伸びない？　足が擦り切れるくらい走ったのか？　お前は魅せる走りができるほど努力してないいんじゃないのか？)

そう自分の弱さを指摘しだめ出ししてくるようだった。

圧倒的な努力量の違いを彼女から実際に突きつけられる。

ここまで至るのには多大な苦労と努力があったのだろう。

バスケ未経験者でもそれは伝わってきた。

ごくり、と固唾を飲んで晴也は拳を握り込む。

不思議と胸の高まりは収まってくれない。

(彼女みたいになりたいな……いつかきっと追いついてみせる)

名前も知らない彼女だが、こうしてポニーテールの美女は晴也の目標になったのだ。

＊＊＊

そこで記憶の回想が終わる。

ドクドクと胸にあの頃の熱さを抱きながら晴也は確信した。

（あの動き……それからポニーテール、間違いない。11番の彼女はNayuさんだったんだ）

彼女に視線が釘付けになりながら晴也は確信した。

それと同時に問い詰めたい気持ちでいっぱいになってしまう。

（バスケ好きだったはずだろ？　じゃなきゃあんなプレイできっこない。バスケが好きだから……今もこうしてバスケしてるんじゃないのか？）

晴也は今にも飛び出したい想いをぐっと堪えて大きく息を吐いた。

（なのに、どうしてそんなに辛そうなんだよ……）

結奈はプレイを終えて一息つくと悲しそうな表情を浮かべていたのだ。

彼女には楽しそうにバスケをする姿が似合っている。

それはかつて自分が憧れた選手だったからこそ強く思うことだ。

辛そうにバスケをする姿は正直言って見たくなかった。

彼女にはあの頃のように心底楽しそうにプレイをしてほしかった。

彼女の力になりたい、といった気持ちが猛烈に胸の中に沸き起こってくる。

だが、晴也は唇を噛みしめて悩み、そして決めかねていた。

彼女の力になれるならなってあげたい。

いくらでも手を貸してあげたい。

Nayu とは共通の趣味を持った同志であるのだ。

けれど……現在、Nayu は同じクラスのS級美女、高森結奈だということが判明してしまっている。

これ以上S級美女と関わろうとすることにはリスクがつきまとうだろう。

晴也には前例があった。

S級美女だと分かっていながらなんだかんだで接触した結果、沙羅には正体がバレてしまったのだ。

学校で目立ちたくない晴也にとって、これ以上学校で目立つ人間に正体がバレることは避けたかった。そんなリスクを冒したくはなかった。

それに加えて。

『余計な詮索はしないで……』

彼女からは前回のオフ会（憂さ晴らし）で明確に拒絶されてしまっている。

これまで Nayu のあそこまで冷たい声なんて聞いたことがなかった。

つまり……彼女の傷に触れて良い許可を晴也は持ち得なかったわけだ。

当然だろう。

オフ会のルールで、最初から互いに距離感は弁《わきま》えるように決めていたのだから……。

プライベートに無理に接触した晴也が悪いのだ。

(リスクを冒してまで、そして、また拒絶されるかもしれないのに Nayu さんに深く関わることはない。傷に触れることはない。その必要も理由だってないじゃないか……)

これまで通り。

出過ぎたマネをしなければ……正体がバレるリスクを冒さずに Nayu とは今後も付き合いを続けられるだろう。

(何も俺がでしゃばる必要は……ない)

身を翻して彼女に気配を悟られないように公園を出ようとしたところで——。

ふと晴也は思い出した。

Nayu と初めて会った日のことを。

『初めまして。えっと…… Haru さん？　で、お間違いないですか』

『はい。Nayu さん……ですよね』

彼女と初めてオフ会をしたときのことだ。

互いにぎこちない挨拶をしてから晴也達はファミレスに足を運んだ。

この時の自分はすごく失礼だったと思う。

視線もなかなか Nayu に合わせることができなかったし、対面で少女漫画の話をしてもぎこちなかった。

緊張していた、と言えば聞こえがいいが、生憎そうではなかった。

この時の自分は……悩みを内に抱えたまま Nayu と会っていたのだ。

少女漫画の話をすればそれも収まるかもしれない。

ネットではあれだけ会話が盛り上がったのだ。

対面で会えばもっと会話を膨らませられる。

そんな想いで Nayu と会った晴也だが算段が甘かったようだ。

『あの……オフ会のルールに一つ例外を設けていいですか？』

会話をしている最中、ふと Nayu がそんな提案を申し出た。

『たしかプライベートなことにはお互い立ち入らない……でしたよね？　いいですけど』

『そうです。ですが……』

ビシッと人差し指を自分に突き付けて彼女は言い放つ。

『お互い何か抱え込んでるって分かったら……その時はプライベートに立ち入ってもいいことにしましょうよ』

『え……？』

『じゃないとせっかく楽しい少女漫画の話も盛り上がらないじゃないですか』

照れくさそうに Nayu は鼻を掻く。

『もしかして……最初から気づい――』

彼女は晴也の言葉を遮って言葉を紡いだ。

『ええ、気づいてますって……。浮かない顔でHaruさんが、さきほどから会話してるってことくらいは』

『ご、ごめんなさい……失礼ですよね。初対面なのに』

『ですね……でも話なら聞きますから』

優しい声音で彼女は言ってその場で何度も頷く。

思わず目を見開く晴也。

『――――あっ、ああ……えっとだからって無理に話す必要はないですよ？』

固まる晴也にNayuは慌ててそう取り繕う。

『どうしてそこまで面倒見というか俺によくしてくれるんですか？』

『それは、同志だから』

『……え』

『だってここまで趣味が合う人、話が合う……それも同世代って凄く貴重でしょ？　私はこの出会いを大切にしたいんです』

それから晴也は結局詳しい事情を話すことはできなかったけれど、彼女の配慮のおかげで心がすっと軽くなったことを覚えている。

彼女が真摯に寄り添ってくれたおかげだろう。

この人なら信じられる。

不思議とそう思えたのだ。

帰り際、晴也は去り行く Nayu の背に向かって叫んだ。

『あの……！　自分はなにでお返しをすれば』

『そうね……だったら』

ぎこちなく笑いながら彼女は頬を掻いて言った。

『私がなにか抱え込んで一杯一杯になったらさ……その時は Haru さんが私に踏み込んできてよ』

そのやり取りを思い出すと、晴也は爪痕が残るくらい強く拳を握り込んだ。

何も思い出したのは……初めてのオフ会のことだけじゃない。


遅刻したペナルティとして外周を走らされたとき――――。

彼女は〝走ることへの熱〟を呼び起こしてくれた。


バスケの試合を見に行ったとき――――。

背番号11番だった彼女は自分をプレイで鼓舞してくれた。自分の目標になった。

オフ会をしたとき――――。

彼女には何度も相談に乗ってもらっていた。

晴也は忘れていた。
彼女には何度も助けられているということを……。
公園に背を向けながら、晴也は肩を震わせる。
「何が……助ける必要がないだ……何が助ける理由がないだ……！」
思い出すんだ。
彼女が与えてくれたものを……。
晴也はたくさん貰《もら》っている。それを返さないでいい道理があるだろうか。
いやあるはずがない。
（決めた……俺は必ずもう一度、笑顔でプレイする Nayu さんを見届ける）
月明かりが照らすなか、晴也は静かに決意した。

＊＊＊

翌日の昼休み。
晴也は沙羅に相談を持ち掛けていた。

彼女を助ける決意を固めたはいいが……一夜の熱に浮かされていたことに晴也は気づいたのだ。

『余計な詮索をしないで……』

あの Nayu の冷たい発言が想起され……晴也は助けるといっても具体的にどうしたものか、と慎重になってしまっている。

情けないよね。分かってるよ。ごめんなさい。

沙羅に内心で謝りつつも、晴也は弁当を差し出していた。

「別に食材で釣らなくても私はちゃんと相談聞きますよ？　いただけるということでしたらありがたく頂戴しますが」

もぐもぐと食べながら沙羅は答えた。

「ご、ごめん。でも結構真面目な話だからさ」

「は、はい」

真面目な話と聞いて沙羅は背筋をピンと伸ばして真剣な面持ちになる。

健気《けなげ》なのだがちょっと極端すぎるな、と晴也は苦笑いを浮かべた。

一度わざとらしく咳払いをしてから口を開く。

「実はこれは友達の話なんだけど――」

晴也は沙羅の瞳を見つめてから伝えた。

話したのは……その友達が、本当はバスケが好きなのに何か事情があってバスケをしなくなってしまっただろう、ということ。

そして、その友達が心から笑ってバスケを再開してほしいと思っているのだと晴也は語った。

すると、沙羅は一度考える素振りを見せてから口を開いた。

「最初は赤崎さん自身の話かと思いましたけど、真剣な表情から違うんだなと確信しましたが……。本当にそのお友達が大事なんですね」

「え、なんで俺が自分の話をしてると思ったの？」

「友達の話、と前置きされれば本人の話かと思いませんか？」

「……なるほど」

「話を戻しますけど……そうですね。やはり真正面から向き合う以外にない、と私は思います」

沙羅は空を見上げながら柔和な笑顔を向ける。

晴也は黙って先を促した。

「どんな事情を抱えているのかは分かりませんけど、本当の自分を曝《さら》け出《だ》せないってしんどいです。そして一度ふさぎこんでしまっているようでは尚更《なおさら》です。勇気がとてもいると思います」

だから、と沙羅は続ける。

「真正面からぶつかるしかないと思うんです。変に根回しとかせずに真正面から……そうしたら赤崎さんの想いはしっかりと伝わると思います」

まあ分かっててもそれがなかなか難しいのですが、と沙羅は自嘲するように付け加えた。

「俺はその詳しい事情を知らない……。真正面からぶつかったら相手の傷をえぐることになると思うんだけど……それでもいいのかな」

Nayu の悲痛な表情を思い浮かべながら晴也は言った。

「その詳しい事情を……お友達のことをもっと知るために真正面からぶつかるんです。傷をえぐることになったとしても……大事なのは途中じゃなくて最後だと思いますから」

沙羅は本当に強《したた》かになっている。

以前まではどこか自信なさげだったのに、今は自信満々に晴也を励ましていた。

「大事なのは最後、か」

「はい。赤崎さんが私の問題に真摯に向き合ってくださったように」

沙羅の抱えていた問題はお見合いのこと。

そして自分の意見が言えなくなってしまっていたこと。

それは晴也が沙羅に、そして沙羅の養父に向き合ったからこそ解消できたのだと沙羅は言った。

「赤崎さんが私の問題に真正面から向き合ってくださったから今の私があるんです。途中で嫌な想いをしたりもしましたが、最終的には私は前を向くことができました」

実際には沙羅のことを遠ざけようと考えていたために、晴也は後ろめたい気持ちでいっぱいとなってしまう。

純粋な笑顔を向けてくるのは勘弁してほしかった。

「なので赤崎さんは赤崎さんらしくそのお友達に向き合ってください」

「……ありがとう」

それから罪悪感で内心「ごめん」と謝った。

「はい。あっ、それで今ちょうど思い出したんですけど、お父さんがまた赤崎さんを家に招待したいそうなんですが――」

「いやそれは断る」

「え～どうしてですか⁉」

何だか湿っぽい空気になったが沙羅は気遣ってくれたのだろうか。

それからは適当に明るい雑談を二人で交わし合った。

＊＊＊

夜。

時刻は二十時を回ったころ。

晴也は行きつけの喫茶店へと足を運んだ。

レトロな雰囲気の店内に入ると、奥から見知った店員の女性が恭しく声をかけてくる。

「いらっしゃいませ～」

からっと鈴を転がすような声で晴也お気に入りのいつも座っている席に案内される。

周囲を見回してみるが、晴也以外には客はいないようだ。

「ご注文はいつものでよろしいでしょうか？」

「あっ、夜は食べてきちゃったからブレンドのホットだけでお願いします」

「はい、かしこまりました」

と、頭を下げてから店員は晴也に耳打ちをした。

「もしかして、いやもしかしなくても私に用があって来ました？」

こくり、と頷くと「ちょっと待っててくださいね。もう私も上がりが近いので」と言って店の奥へと消えていく。

恐らく店長（マスター）に確認を取りにいったのだろう。

この店にもしばらくお世話になっているが、店長はシャイな人のようで晴也は一度も話したことがない。

一度くらいはコーヒーのこだわりでも聞いてみたいんだけどな、と思っていると商品を持って女性店員——小日向《こひなた》がやってきた。

「お待たせしました。ブレンドのホットです」

「ありがとうございます」

届いた商品の香りを早速楽しもうとすれば、向かい側の席に小日向が腰をかけた。

「これで今日のお仕事は終わりですね……っと」

「お疲れ様」

「ありがとうございます。一応店長には許可貰ってるのでお気になさらず。……それで今日はどんな要件でここへ来たんですか？　お兄さん」

わざとらしく小悪魔じみた笑みで挑発する小日向。

機嫌がいいのか、その表情はどこか楽しそうだった。

「私の顔が見たくて思わず来ちゃったとかだったらキュンっとしちゃいますけど」

「……とか言いつつホントにそうだって言ったらもうバイト辞めてそうだな」

ジト目で突っ込むと悪気はないように小日向は答えた。

「さすがお兄さん。でも減点です。本気だったら私が辞めるんじゃなくて……お兄さんを出禁にしてもらうとこでした」

「いや、怖っ……」

思わず即答で顔を歪める晴也。

でも、と小日向は付け加えた。

「お兄さんは勘違いする玉じゃないって分かってますから」

「ま、まあ」

「それで本当は今日、私にどんな用があってきたんですか？　恋バナですか？　恋バナですよね？」

（圧がすごい……相変わらず他人の恋愛話には目がないな）

と、顔を引きつらせながらも晴也は真面目なトーンで答えた。

「実は相談があって――」

「え、またなにか厄介事ですかー？」

小日向はどこかつまらなそうに唇を尖《とが》らせる。

「ごめん。でも聞いてほしいことなんだ」

両手を合わせて頼み込むと小日向は提案をしてくる。

「じゃあ、この間の相談でうまくいった女の子とは最近どうなんです？　その子との進捗を教えてくれたらお兄さんの相談、乗ってあげます」

この間の相談でうまくいった女の子、というのは沙羅のことだ。

つまり小日向は沙羅との進展について聞きたいらしい。

「まあ、たまに昼を一緒に過ごす仲にはなった」

嘘は言っていない。

晴也はなるべく小日向が喜びそうなことを伝えた。

すると……案の定、彼女は「その女の子の弁当とかもう食べちゃってたりするんですか？」と食い気味に聞いてくる。

「うん、というかこっちからも提供してシェア弁当もしてるな」

これも別に嘘ではない。本当のことだ。

小日向は予想外のことだったのか、目を丸くさせていた。

「そ、そんなのもう彼女じゃないですか……！」

「いやそんな関係ではないんだけど」

「じゃあ……たぶらかしてる悪いお兄さんってことですね？」

そう言われては色んな意味で強く否定ができない。

思わず顔を逸らすと分かりやすい、と言わんばかりに彼女はくすぐったそうに笑みを零した。


さて、そんな雑談もほどほどにして晴也は早速本題を彼女に伝えた。

沙羅に伝えたのと同じ要領で「これは友達の話なんだけど」と前置きをしてから結奈の

現状とそれをどうにかしたいといった旨を小日向にぶつける。

「……なんかその話って私の友達が抱えてるのと同じ感じがします」

「同じ？」

「うん。クラスにいる友達でして。恐らく部活で嫌な思いしちゃってるんだろうけど……なんでかな。その子とそっくりだなって、勘だけど思っちゃいました」

「そ、そうなんだ……」

「はい。まあ今は関係ないので……話を戻しますけど……バスケが本当に好きなんだとしたら、その友達は好きなものを好きって言えないわけなので、しんどいでしょうね」

小日向は苦虫を噛んだ表情を浮かべると「少し待っててください」といって再び店の奥に戻ってしまう。

彼女が戻ってくるまでの間、少し冷めてしまったコーヒーを堪能する。

数分経《た》ってから小日向は何気ない様子で戻ってきた。

――ッ。

だが、晴也は目を見開いて……息を呑《の》む。

だってこんな光景は初めて見るのだから仕方がない。

小日向はいつものモノトーンカラーのメイド服ではなく私服を着て戻ってきた。

彼女が着ていたのはピンクと黒を基調としたサブカル系の服装。

俗にいう量産型の恰好で『地雷系』といった単語が連想される。

気づけば髪も二つに分けていて、ミニスカートから覗かせる太ももは晴也から見ても扇情的に映った。

「どうですか？　お兄さん、これが私の私服です」

「似合ってると思うけど……」

「ありがとうございます！　私も自分のこの恰好大好きです」

だからこうして着ているわけです、と言いたげに小日向は胸を張った。

柔和な笑みを向けて彼女はフリフリとスカートを揺らす。

脚に目が行きそうなのを堪えて晴也は先を促した。

「でも、ですね。世間的にはこのファッション……あまりいい目で見てくれないような気がしてます」

地雷系の恰好に思うところは別にないが、変わった目で見られるイメージは何となく晴也にもあった。

いい意味でも悪い意味でも視線を集めてしまう恰好なのには違いないだろう。

「私は好きなので関係なく着ますけどね。ただ全員が全員……好きなものを好きと言えるわけではない気がしてます。周りの声ってそれだけ影響力がありますからね。ただそれって凄く生きづらいです」

確かに彼女の言う通りだと晴也も思う。

少女漫画が好きな晴也だが、声を大にして少女漫画が趣味と言えるかと聞かれれば言えなかった。

小日向は席に着きながら続ける。

「――私はこのファッション好きなのに好きって言えないのを想像すると辛《つら》いです。そのお友達がそうなのかどうかは分からないですけど、もし周囲の声で自分を殺しているのなら、しっかり向き合って好きを好きって言えるようにしてあげるのがいいと思います」

まあ、とそれから彼女は付け加えた。

「そのしっかりと向き合うってのが一番難しいんですけどね」

「いや、でも助かった。ありがとう」

「力になれたようでしたら幸いです」

好きなものを好きって言えるようにする。

一見すると当たり前のことのように思えるが……それはすごく難しいことだ。

沙羅、小日向の二人から助言を得た晴也だが、共通して言っていることがあった。

それは真摯に向き合う、ということ。

晴也は残りのコーヒーを一気に飲み干すと改めて決意を固めた。

瞳を閉じてこれまでの流れを整理する。

問題点の洗い出しとそれの検討だ。

今回、Nayu さんの一番の障壁となっているのはバスケの過去だろう。

それを解決させるピースは小野井だ。

中学時代の Nayu さんと何かしらの因縁があった相手——小野井。

それはオフ会で一度、小野井と鉢合わせした際に彼女から実際に聞いた話だ。

幸運なことにも、うちの栄華高校と小野井の通う高校とは近々バスケの練習試合が組まれているらしい。靴箱の前で、そしてオフ会でもそれは耳にしていることだ。

この機を逃さない手はないだろう。

となれば練習試合で Nayu さんと小野井をぶつけるほかあるまい。

つまり、Nayu さんにはバスケ部に入ってもらう。

それも練習試合までにというおまけつきだ。

晴也はその場でふうと一息ついて考えをまとめた。

第三章　あの栄光に手をかざして

Haru：唐突だけど、この間別れた公園で今日の放課後……待ってるから
Nayu：行かないから
Haru：待ってる
Nayu：知らないからね

晴也《はるや》は昨晩送ったメッセージを読み返していた。

貰《もら》った助言を基に晴也は覚悟を決めて Nayu にメッセージを送ったのだ。

下手な小細工はせずに真正面から向き合うことを心に決めて。

こうして一方的に約束を取り付ける強引なメッセージを送るのは初めてのことで、晴也は内心で今や心臓がバクバクと高鳴ってしまっている。

だが、打てる策としては強引な手以外になかった。

というのも、栄華高校《えいがこうこう》と宮座高校《みやざこうこう》との練習試合までもう時間は残されていないからだ。

Nayu と確執のある相手、小野井《おのい》。

彼女の話を振り返ると……宮座と栄華は練習試合を控えているとのことだった。

であるなら、その日までに Nayu をバスケの道に戻したいと晴也は考えていた。

すると……もうメッセージで強引に呼び出す以外に道がなかったのだ。

普通に「オフ会」の提案を申し出ても、前回のオフ会の一件から一蹴されるのがオチだろう。

というわけで、良心が痛むが Nayu の善意に晴也はつけ込むことにしたのだ。

最初のメッセージから数時間は返信がなかったため焦ったが、最終的にはこうしてメッセージを返してくれた。やはり Nayu さんは優しい……。

それに「行けない」ではなく「行かない」と彼女は返信している。

ここに晴也は可能性を見出《みい》だしていた。

（さて、最後の追い込みをしに行くか……）

晴也は下準備を進めることにした。

＊＊＊

というわけで、朝。

時刻は七時三十五分。

いつもより早めに登校した晴也は職員室へと訪れていた。

晴也は担任であり、かつ、バスケ部の顧問である常闇明香《とこやみめいか》の席まで向かった。

「――――おはよう、赤崎《あかさき》。どうした？　こんなに朝早くから」

思いもよらない来訪者だったのか、担任は晴也を見ると驚いた顔つきとなった。

……が、それも一瞬のことですぐさま不敵な笑みを浮かべる。

不気味だ。不気味と言うほかない。

こんな時間に影の薄い生徒が訪れたというのに動揺が担任からは感じられないのだ。

むしろまるで晴也の来訪を待っていたかのようにさえ感じられる。

少し前にも思ったことだが……やはりこの担任は底が知れない。

脚を組み悠々とした態度に晴也は思わず一歩たじろぐ。

この場を一刻も早く離れたくて……単刀直入に本題を切り出した。

「高森《たかもり》さんが近日中にバスケ部に入部すると思いますので、どうか練習試合に彼女を出してあげてくれませんか？」

頭を下げて頼みこむ。

「……それってマジな話か？」

「は、はい」

晴也が真剣な眼差《まなざ》しを担任に送ると彼女は静かに笑った。

「……嘘《うそ》ではないようだな。良かった。赤崎は高森を助ける決意を固めたんだな。私の戯《たわ》言《ごと》を信じてくれたか」

ホッと安堵《あんど》の息を零《こぼ》して先生はゆっくりと言葉を紡ぐ。

「高森は赤崎を助けてくれたのか？」

思わず息が詰まった。

全部見透かされているようで、核心を突かれたとつい思ってしまう。

この人は一体どこまで事情を知っているのか。

もしかして自分の過去まで知っているとでもいうのか。

恐ろしかった。必死の抵抗で晴也は喉を震わせ、声を出した。

「なんのことだか分かりませんね……」

「まあいい。赤崎が答えを出したのなら……それで」

一人で納得するとコーヒーを啜《すす》ってから先生は続けた。

「それで話は戻るが……高森が入部したら練習試合で使ってほしいという話だな」

「はい。とにかく高森さんが入部したら練習試合で使ってくれませんか？　彼女を」

「よし……入部したら、の話に今度は移ろうか」

担任は足を組み替えて一度目を閉じた。

「新入部員、それも入って日も浅い生徒を今度の試合で使うというのは他の部員からのバッシングが考えられるからな。その判断はできかねる……というのが顧問として適切な意見だ」

　正論だった。

　今日彼女が入部したとしても宮座との練習試合までもう時間がない。

　けれど、だからこそ、晴也はこうして担任に頼み込みに来たのだ。

「何とかしてください。その試合だけでいいんです。高森さんが向き合わなければいけない試合が宮座との練習試合なんです……ですからどうかお願いします！」

　もう一度、深く頭を下げて晴也は頼み込んだ。

　そんな晴也の姿を見て先生は「はぁ」と短めのため息を零す。

「何やら大きな事情があるみたいだな。けどどんなに頼み込まれても一試合丸々使うなんてことはできない」

「一試合丸々？」

　妙な言い回しに晴也が言《い》い淀《よど》むと先生は頷《うなず》いた。

「あぁ……最後の一セット。そこだけなら使うことも考えよう」

　まあ、本当に彼女が入部してくれればの話だけどな、と先生は付け加えた。

「ぜひお願いします！」

もう一度律儀に晴也は頭を下げた。

「……まあ赤崎がこれから男を見せるっていうのなら先生も一肌脱がなきゃな。入部届とか手続きのほうは進めとくからそこは安心してほしい」

「……あ、ありがとうございます」

男を見せる。

そんな発言が恥ずかしくて晴也は眼《め》をそらした。

翻って教室に戻ろうとしたところで一言付け加える。

「すいませんが……このことは他言無用でお願いします……特に高森さんには内緒にしていただけると助かります」

「そうだな。赤崎は事情があるのか目立ちたくないみたいだからな」

したり顔になって不愉快な笑みを浮かべる先生。

「あ、はは」

苦笑を浮かべて誤魔化《ごまか》すと先生は「まあいい」とだけ言った。

「高森の入部を待つとしよう。それから赤崎、君は陸上部に入部――」

「いや自分は結構です」

「ったく釣れないな」

即答してから晴也は職員室を後にする。

（これでもう絶対に後には引けなくなったな……）

晴也はふうと内心で息をついた。

＊＊＊

時間は流れ、休憩時間。

外は曇り空で青空を覆い隠すように雲が一面を支配していた。

そんな鈍色《にびいろ》の空模様と教室内の様子は調和しておりどんよりとした空気が教室内を満たしている。

（……高森さん、なんかカリカリしてるよな）

（それ。最近もそうだったけど今はそれ以上っていうかさ）

（近寄りがたい感じだよね。体調が悪いのかな……）

生徒の注目を集めているのはＳ級美女の一人、高森結奈《ゆな》。

彼女は自席に着きいつもの晴也と同様に寝たフリを決め込んでいた。

「ねえ、結奈りん。大丈夫？」

「体調が優れないんですか？」

凛《りん》と沙羅《さら》の二人が心配そうに結奈のほうへ近づいた。

結奈は努めて冷静に二人に言い放つ。

「何度もごめんね……二人とも。今は誰とも話したくなくて……一人にさせてほしい。ごめん」

「わ、分かった……結奈りん」

「そ、そうですか」

友達ならここで引かずに踏み込んだほうがいいものか。

凛と沙羅は迷いながらも結奈の席から離れた。

(絶対にバスケの話が原因ですよね……)

(体育がバスケになるって話からこの変わりようだしね……)

二人とも結奈の不調の原因はバスケにあるとの認識だった。

というのも、来月の体育はバスケになる、との告知が先ほどあったためだ。

そこから結奈の様子がおかしくなりだしたので二人は確信していた。

実際のところ、結奈は精神的に追い詰められている。

(なんでこんなにバスケの話題ばっかり出てくるの……。それにバスケの授業？　勘弁してよ。このタイミングで……。それも選択制じゃないの？)

中学の頃の体育は競技科目を選ぶことができたためそれが普通だと思いこんでいた。

最近はバスケのことを考える機会が多かったため、ただでさえ結奈は参っている。

その上で決め手となったのは……バスケの授業が始まるということ。

結奈の体調が悪くなるのも仕方のないことだった。

凜と沙羅に申し訳なさを覚えながらも、結奈は自席に顔を突っ伏す。

(Haru さんも訳わかんないメッセージ送ってきたし……もうホント勘弁してほしい)

結奈は半ば投げやりになっていた。


さて、そんなS級美女達の様子を見ていた風宮《かざみや》は晴也の肩を叩《たた》く。

「赤崎。高森さん何か抱え込んでるみたいだけどさ。この流れ……姫川《ひめかわ》さんの状況と似てないか？」

「……………ん？」

わざとらしく眠そうに振り返って晴也はあくびする。

風宮は自信ありげ語りだした。

「姫川さんもさ、今の高森さんみたく情緒が不安定になってただろ？」

「それで？」

「姫川さんの場合はすぐに元気になって魅力的になった。それは恋の力だったわけだ。そして今回は高森さんのケース。もし、もし仮にこれですぐに元気になったら？」

「………何が言いたいんだ？」

面倒くさそうにわざと言うと風宮は親指を上げてきた。

「つまり、今回も恋の力が働くんじゃないかって話」

「発想の仕方が恋愛脳すぎて引く……」

それに、と晴也は風宮の耳元に寄って口を開く。

「本人に聞こえるかもしれないだろ。こんな話もし本人に聞かれたら不愉快でしかないぞ」

風宮は目を見開いてから答えた。

「それは正論だな。でも赤崎……お前は話振ってほしくないからそう言ってるだけだろ」

(うん、バレてた)

晴也は無言で前に向き直り……寝たフリに努めた。

＊＊＊

放課後を迎えると身支度を整えてから晴也は目的地へと向かった。

目的地はショッピングモール近くに位置する大きめな公園。

その場所は先日……Nayuと酷《ひど》い別れ方をした現場だった。

『余計な詮索をしないで……』

彼女の冷たい声と表情は思い出すだけでもぞっと身の毛がよだってしまう。

（あー怖い。やけに緊張してきたな……）

晴也は公園のベンチに腰かけながら Nayu を待つことにした。

スマホを取り出してメッセージ内容を確認する。

Haru：唐突だけど、この間別れた公園で今日の放課後……待ってるから
Nayu：行かないから
Haru：待ってる
Nayu：知らないからね

メッセージの文面を見るに Nayu が来ることはあまり期待できないだろう。

だが、可能性はゼロじゃない。

晴也は「行けない」ではなく「行かない」と返信していることに一縷《いちる》の望みをかけていた。

空は曇天模様が続いており周囲に人気は感じられない。

一人だ。

この公園は今や晴也一人の空間となっていた。

ふうと軽く一息ついて少女漫画を電子書籍として読んでいく。

さて、ここからは耐久勝負だ！

外が次第に暗くなっていく。

あたりを見回しながら晴也はその場でため息をつく。

（来ないな……）

Nayu をひたすらに待つが来る気配は全く感じられない。

別にそれは Nayu だけに限った話ではなく誰もこの公園に寄り付く気配が感じられなかった。

一人だ。

晴也はのびのびと背筋を伸ばしてから空を見上げた。

（まぁまだ待てるな……これくらいは余裕だ余裕）

やっぱり来ないいんじゃないか……？

そんな不安をかっ飛ばすように晴也はその辺に落ちていた小石を蹴飛ばした。

茜色《あかねいろ》だった空はもう完全に真っ暗に変貌してしまった。

外はかなり暗く街灯と月明かりだけがあたりの光源となってしまう。

腹の虫が何度も鳴り……晴也は帰りたい気持ちに駆られた。

外は肌寒くなりお腹《なか》も空いてきた。

家に帰りたくなるのも無理ないだろう。

(もう Nayu さん来ないだろうしな……)

帰ってしまおうか。今日のところは諦めようか。

もう時間的にも遅い。来るはずもない。

まあ無理に呼びつけたのだ。来ないのが当たり前。

そう自分に言い聞かせながらもポツリと晴也はその場で声を漏らした。

「ただ Nayu さんには前を向いてほしいだけなんだけどな……」

「それが余計なお世話だって言ってるのに」

急に背後からそんな突っ込みが入った。

振り返らずとも声の主が誰なのかは分かる。

無機質でクールなその声音を聞き間違えるはずもなかった。

「…………」

ゆっくりと振り返ればそこには晴也が待ちわびていた人物が立っていた。

「こんばんは、Haru さん」

「な、なんで……」

自分で呼び出しておきながら晴也は目を見開いた。

「ちょくちょく様子を見に来てはいたんだけどさ。一向に帰ろうとしないから仕方なくって感じかな」

サングラスをくいっと上げて　Nayu　は言う。

「正直ここまで見境ないとは思わなかったよ　Haru　さん」

「……来てくれたのか」

「はぁ。私が来なかったら本当にいつまでいたんだか……」

時計を確認しながら彼女は呆《あき》れた姿勢を見せた。

「何時間この場所にいるってのよ……」

「あ、あはは」

「笑って誤魔化しても無駄だからね……私、最初からずっと確認してたし」

「えっ⁉　……なんだそうだったのか。けど来てくれてよかったぁ」

途中で帰らなくてよかった。

晴也はホッと安堵の息を零す。

「……っ」

そんな晴也の様子を見て　Nayu　はぎゅっと拳を握り締めた。

「……私を呼びだした要件なんてバスケのことだろうけど」

そこで一度区切ってからNayuは続ける。

「まずは――――」

そう言いながらNayuは手に掲げている物を突き出した。

中を確認すると、そこには幾つかの料理が小分けされたタッパーが目に映る。

ぐ～と晴也の腹の虫が再度鳴ったところでNayuは続けた。

「ご飯にしない？」

＊＊＊

活力がみなぎってくる。

晴也のお腹は今や満たされていた。

空腹は最高のスパイスとはよく言ったものである。

「美味《おい》しい？」

「……（コクコク）」

首を勢いよく縦に振りながら晴也は料理を堪能する。

至福。

まさしくこの一言に尽きていた。

「そんなにガッついて食べられると……照れるね」

Nayu は頬《ほお》をポリポリと掻《か》く。

今、晴也が口に運んでいる料理のすべては彼女の手作り料理だった。

ずっと公園に居座っている晴也が情けなくて、見てられなくて、家から余った料理を持ってきてくれたらしい。

（……あぁ、Nayu さん優しすぎる）

彼女の慈愛の心に感謝しながら晴也は料理を頬張り続ける。

食べ終わったところで Nayu の視線がこちらに向けられた。

「ありがとう。Nayu さん、ごちそうさま」

「う、うん。そこまで美味しそうに食べてくれたら持ってきた甲斐《かい》もあるってものだね」

晴也は残すことなく完食した。

しばらく食後の余韻に浸っていると、Nayu が話を切り出した。

空気の流れが変わる。

「……ね、ねえ。私 Haru さんのこと拒絶したよね？」

前回のオフ会で冷たく当たったことを Nayu は言っているのだろう。

「なのにさ……どうして諦めてくれないの？」

「最初に出会った頃のこと覚えてる？」

オフ会のルールを定めたときのことを……。

黙って先を促す彼女に晴也は続けた。

「あのプライベートには互いに突っ込まない、っていうルール。例外があっただろ？」

Nayu が沈んでいた晴也を気遣って言ったことだ。

あの時、Nayu が発言した言葉を一言一句違《たが》えずに晴也は繰り返した。

「抱えきれない問題をどちらかが抱えていたらプライベートに突っ込んでいい」

「……っ」

彼女は息を呑《の》んだ。

それから小さめの息をつく。

「なんだ……覚えてたんだ……」

「正確には思い出したんだけどな。今の Nayu さんは少女漫画談義を楽しめる状態じゃないだろ？」

「……そんなことないよ」

「そんなことあるよ」

晴也は Nayu とは決して短くない付き合いだからこそ分かる。

少女漫画談義をするとき、本当に彼女が楽しめているのかを。

表情を見ればそれが不思議と分かるのだ。

それはきっと恐らくNayuも一緒なのだろう。

だからこそ彼女は口をきゅっと結んだ。

同志である晴也には『嘘』や『見栄《みえ》』が通じないと悟ったから……。

「俺はまたNayuさんと楽しく少女漫画を語り合いたい。だから今溜《た》め込《こ》んでること……バスケのことを俺に話してほしい」

真っすぐサングラスの向こうにある彼女の眼を見て晴也は優しく言った。

「俺はNayuさんには何度も世話になってる。助けられてる。だから今度は俺にそれを返す機会を与えてほしい」

「……で、でも」

太ももの上で握りこぶしを作りながら彼女は声を震わせる。

これ以上踏み込めばまた彼女の地雷を踏むかもしれない。

彼女の傷に触れそうになって、避けられるかもしれない。

今度は取り返しがつかなくなるかもしれない。

それでも……。

「大丈夫。俺のことを信じて話してほしい」

晴也は踏み込んだ。

それは沙羅、小日向の二人から助言を貰い真摯に向き合う覚悟を決めたからこそ言えることだった。

彼女の心に寄り添うことを心掛け彼女から眼を離さない。

Nayu はふうと軽めの息を一つ吐くと小さく笑った。

「はぁ……全く…… Haru さんは強引なんだから」

そう言って、観念したように彼女は静かにぽつぽつと語りだした。

＊＊＊

これは、私がわたしを捨てた話。

今から二年前のこと。

常に一番を求めていたわたしは部員達と一緒に切磋琢磨《せっさたくま》し成長を見せていた。

入学したての頃は弱小だったこのバスケ部も、わたしの代になってから皆が皆わたしの背中を追うようについてきてくれた。

特にわたしにライバル意識を燃やしてくれた小野井の存在は大きかった。

弱小から強豪へと名を馳せるには練習メニューを厳しくするのは絶対条件。

わたしだけじゃなくムードメーカーな小野井も積極的に部員に声をかけてくれたから、練習メニューの改革に成功した。

辛《つら》い練習もすべては強くなるためだ。

バスケは団体競技である。

個人だけが強くなるようではいずれ限界が来てしまうのだ。

あくまでチーム全体が強くならなければならない。

わたしは自分のプレイで魅せて部員達をやる気にさせていた。

『わたしについてくれば勝てる。だから皆わたしについてきて』

そう思わせて突き進んでいった。

実際に、わたしの言う通りの結果が待っていた。

初戦敗退だったのが短期間で練習試合では負けなくなり、公式大会でも地区大会準優勝、県大会ベスト４、地方大会ベスト８までわたし達のチームは駆け抜けた。


この調子でいけば全国にも届く。


そう野心を抱いていたのにわたしの周りが変わり始めていた。

「――もっとハードにして次は全国目指してこう。みんな！」

わたしが言うと周りは冷めた声で言うのだ。

「え、全国？　私達もう地方でも結果出したんだしそこまで欲張らなくてもよくない？」

「もっと練習きつくなっちゃったらついていけないよ〜」

「ぜ、全国って高森はどこまで目指してるわけ……ついていけないって」

結果が出てない時は皆ついていてきてくれた。

でも、中途半端な結果を手にすると、そこでなぜか満足してしまっていた。

高みを目指さなくなってしまったのだ。


最初わたしについてきてくれた時は「全国だって狙えるかも」とみんながみんな楽しそうに語っていたのに……。

そこで初めてわたしはズレを感じることになる。


——え、皆わたしを信じてついてきてくれるって言ったじゃん。

なんでこんな場所で立ち止まれるの？　進む以外に選択肢なんてないでしょ……。

少しショックだった。

でも、プレイで魅せればまた皆がわたしの背中を追いかけてくれるはず。

わたしは必死だった。

「ねえ、小野井……私のライバルのあんたなら私についてきてくれるよね？　もっと練習量増やして強くなったわたし達を魅せよう。皆に！」

「えっ……あ、ええと……うん」

「よし、そうと決まれば特訓ね」

また小野井と一緒に頑張っていけば元通りだ。

わたしは自分の道を信じ続ける。

全国を目指すならこれくらいじゃあ足りない。

練習量を増やして特訓、特訓、特訓の日々だ。

小野井はわたしを信じてついてきてくれた。

さすがはわたしのライバルだ。

もちろん、勉強でも一番を目指して文武両道を実現させる。

実際にわたしはテストでも学年一位のスコアを叩きだしていた。

この調子で部活動も――――！

きっと強くなっていくわたしと小野井を見たら皆、全国を目指してついてきてくれるはずだ。


――でも、結果は違った。現実は違ったんだ。

今まで信じてくれていた部員達は、わたしを怖いものを見るような目で見ていた。

「え、なにこれ。こんなハードなメニューに付き合わされてたの？　小野井」

「ちょ、ちょっとこのメニューはやりすぎでしょ」

「高森ってさ、普通じゃないよね……」

部員達のわたしを非難する声が耳に響いてくる。

――これまでわたしのことを慕ってくれてたのに、なにその視線は。

わたしと小野井、あれから頑張り続けてレベルを上げたのに。

パス回しも一段と速くなったのに。

わたしと一緒に進めば最後は笑顔になれるはずなのに……。


少しずつ何かが崩れていく気がした。


どうしたら皆、やる気になってくれるのか……。

唯一ついてきてくれる小野井のためにもわたしは頑張りたかったのだ。

だけど、小野井と特訓を積み重ねていたある日。

部員達が総出でわたしを呼んだ。

やっと一緒に全国を目指す気持ちになってくれた。

そう歓喜したのも……束《つか》の間《ま》のことだった。

部員達が顔を俯《うつむ》かせながらわたしに言ったのだ。

「「「もう高森にはついていけない。だから部活を辞めてほしい」」」

そのなかには小野井もいた。

「私も……部員達に同意。これまで我慢してきたんだけどさ……高森、あんたは少し休んだほうがいい」

どこか冷めた目で小野井までもがわたしを突き放した。

ああそっか、と心の中が冷えていくのを感じた。

そういえばこの間の文化祭でも一位を取ることを目指してたら他の人達から変な目で見られたっけ。

追い打ちをかけるように部員の一人が言う。

「小野井は疲労が溜まって足を痛めてるのよ！　あんた、知らなかったでしょ。口を開けば全国全国全国って、私達を巻き込まないでよっ!!　あんたが頑張れば周りを不幸にする。それに本気で頑張るとかださいんだよ……高森のやり方じゃあ誰もついてこない。現に私達はもう見限ってるから」

「い、言いすぎだって……」

小野井は肘でつつきながら言うものの、

「でも、ごめん。もう高森についていけないのは本当。だから私の口からはっきり言うね」

一拍置いてから小野井は辛そうに言った。
「高森には部活から距離を置いてほしい」

わたしは、そこですべてがどうでもよくなった。
『本気で頑張るのはださいこと』
『私の頑張りは周りを不幸にする』
ふと体育館のなかでボールを持っている自分の姿が浮かび上がる。
走ってパスしても誰も受け取らない。
プレイで魅せる？　あほらし。
だって最初から届いてすらなかったんだ。
わたしは光の中を進んでいる気になってた。
けどそれは光なんかじゃなくて一人ぼっちになるための道だった。
最初から期待なんかさせといて裏切られるのだ。

――ああ、バスケなんか嫌いだ。

自分の道がもう信じられなくなった時、こうして私はわたしを捨てたのだ。

＊＊＊

結奈は淡々と話し終えた。

彼女は呆然《ぼうぜん》としながら悲壮感を漂わせている。

まるで自分は一人ぼっちな世界にいるんだ、とでも言いたげに。

Nayu らしくなかった。

かつて憧れたあのバスケ選手らしくなかった。

そして結奈のこの話は晴也の過去とよく似ていた。

陸上部で非難の視線を浴びせられた晴也の話と……。

だからであろうか。

自分と同じように過去から目を背けている彼女には奮起してほしかったのだ。

自分と同じ道を憧れた彼女がたどっていることが許せなかったのだろう。

一瞬、怒りにも似た衝動が晴也の胸の中を埋め尽くした。

肩を震わせて晴也は目尻に涙を溜め込む。

「……それでバスケを辞めたのか？　それがバスケを辞める理由なのか？」

「私の過去を聞いて分かったでしょ？　私がバスケをしても周りを不幸にするだけなんだ

よ……」

そう言って寂しそうに笑みを浮かべる彼女に詰め寄って晴也は両肩を摑《つか》んだ。

「周りを不幸にするだけ……？　一人ぼっち？　そんなわけないだろうっ……！」

結奈は視線をこちらに寄越《よこ》して固まった。

ここまで感情を声に乗せたのは初めてのことで自分でも驚いてしまう。

勢いのままに晴也は続けた。

「Nayu さん、その時は視野が狭くなって周りが見えてなかっただけだろう。Nayu さんのプレイに俺は少なくとも惹《ひ》かれたんだ！　……だからそんな悲しいことは言わないでくれよ……」

思わず泣きそうになりながら晴也は俯く。

「……っ。Haru さんが私のプレイに魅《ひ》かれた？　今更そんなデタラメっ」

怒りで肩を震わせる結奈に対して……晴也は言い放った。

「――三年前の夏の大会。最近気づいたんだけど偶然……俺、Nayu さんの試合を観客で見てたんだ。弱小校からの好戦ぶり。チームを動かして誰よりも輝いて楽しそうにプレイしてる Nayu さんのことを」

「……だからそんなつくりばな――」

顔をしかめる彼女を遮って晴也は続ける。

「背番号11番。当時、俺部活でなかなか上手《うま》くいかなくて……頑張るってださい。そこでいいんだって自分に言い聞かせてた。でも、チームの士気を上げるNayuさんのプレイに魅せられて考えが変わったんだ。俺も頑張ろうって……本気で頑張ることは決してださくなんかないってそう考えを変えさせられた。背番号11番にいつか追いつきたいって、俺の目標になってたんだ」

嘘っぱちだろう、と結奈は言いたかったが背番号のことを出されては息を詰まらせるしかない。

それから、晴也の真剣な雰囲気が嘘じゃないと結奈に訴えてくる。

晴也は結奈の両肩を勢いよく揺らして強く言った。

「なあ、本気で頑張ってる奴《やつ》はかっこいいって思わせてくれたNayuさんが……俺の目標になったNayuさんが」

一拍置いてから晴也は眼尻に涙を溜め込んで叱咤《しった》する。

「自分に嘘ついてまで落ちぶれないでくれ……」

それと同時に『自分と同じ道を辿《たど》らないでくれ……』と晴也は内心で叫んでいた。

結奈は続く晴也の発言に目を丸くさせる。

「……どんな手を使ってでも、泥水を啜ってでも、バスケにしがみついてくれよ。どこにもNayuさんが自分に嘘をついてまでバスケを嫌う理由なんてないじゃないか」

Nayu はしばらくの間、沈黙を貫いた。

晴也の言い分に最初こそ困惑を隠せなかったようだが、やがて彼女は顔を歪《ゆが》めてみせた。

「――そんなの Haru さんのエゴの押し付けじゃない！　それに私はバスケがきら――」

「嫌いだなんて言わせない」

晴也は彼女の言葉を遮って強めに発言した。

高森結奈は晴也に走ることが好きだという気持ちを思い返させてくれた。

その気づきを今度は晴也が返さないでいいはずがない。

彼女の言葉の抵抗は弱々しいものだ。

晴也のほうが今では強く意見を主張できている。

彼女の拒絶を恐れていないのは……今日この場に Nayu が来た時点で内心では彼女が助けを求めていることを確信していたからだ。

Nayu を真っすぐに見据えながら晴也は優しく続ける。

「どんな理由があっても、あれだけ輝いてた。あれだけ楽しそうに笑ってた。それだけ大好きなバスケを嫌いだなんて嘘を言っちゃ駄目だ」

「………っ」

はっと彼女は息を呑んだ。

晴也に言われて思い出すのは楽しかったバスケ部で練習に励んでいた頃の思い出。

確かに部活で嫌な思いをしたことは多かったが、何も嫌なことだけだったわけじゃない。嬉《うれ》しい、楽しい出来事もたくさんあったのだ。

『本当は、バスケ好きなんじゃないですか？』


ふと誰かのそんな言葉がまた彼女に問いかけてくる。

心のどこかでは分かっていた。

でもバスケに向き合った結果……また一人ぼっちになってしまうのが怖くて嘘に嘘を重ねることしかできなくて……。

「……いいの、かな。私が頑張り続けた結果仲間は皆離れていっちゃった。私が頑張ることで誰かをまた不幸にするかもしれない……それがすごく怖い。仲間を不幸にした私がさ……また楽しそうにバスケなんて……いいのかな？」

「……あの日。俺が惹かれたのは心底楽しそうにプレイしてたバスケ選手だ。仲間を不幸にするだなんてとんでもない。あの時の Nayu さんはチーム全員を笑顔にさせてた。その Nayu さんはあの体育館で一番輝いてたよ」

「……っ」

Nayu は目を潤ませて固まった。

晴也に視線を合わせると……彼は真摯に向き合ってくれている。

自分のファンでいてくれたのだという。

自分のバスケに注いでいた情熱は偽物ではなく本物で、たしかにその熱は晴也に届いたのだろう。

Haru の発言からは嘘の匂いが全く感じられなかった。

今更ながら胸の奥が熱くなって涙が零れそうになる彼女。

「ごめん……ちょっと泣くから向こう向いてて」

「胸貸そうか？」

両腕を広げると Nayu は顔をぷいっと背ける。

「だめ。変な空気になっても困るし」

それから彼女は少しだけ泣いた。

晴也も晴也で目が潤んでいた。

「……ねぇ、私これからどうしたらいいんだろ？」

湿っぽい空気になってしばらく。

互いに落ち着いたところで Nayu が問いを晴也に投げた。

「……過去と向き合うならバスケ部に入るしかないとは思うかな。まあ決めるのは Nayu さん自身だけど」

「……あ、宮座と練習試合も近いみたいだしね……そうすると小野井と練習試合になるわけか。なるほど、Haru さん最初からそれ狙いだったんだ……」

「………」

沈黙は肯定と捉えたのか、結奈は続ける。

「ぬかりないなぁ……。それと今は余韻に浸れてるから気になってないけどさ。さっきの Haru さんなかなか臭かったよ。すっごく恥ずかしいこと言ってたよね。〝輝いてた〟とかさ。これって少女漫画を読んでるから？　ふふっ……」

「……う、うるさい。Nayu さん、こういう時に揶揄《からか》うのは違うと思うよ？　ほら、少女漫画の展開的にその返しは普通しないでしょ!?」

思わず頬を赤らめ慌てる晴也を彼女は内心で可愛《かわい》らしく思った。

（照れてる Haru さん、可愛い……）

そう思いつつ彼女は追い打ちをかける。

「少女漫画でこの場面なら、今ごろ Haru さんの胸のなかで私が泣いてるって感じだね」

「ま、まあ……」

確かに少女漫画ならお決まりの展開だろう。

「えっちじゃん。言っておくけど私は型にハマらない女だからね」

「え、えっちってその言い方は酷くないか!?」

「だって私のこと抱きしめてる想定だったんでしょ？　少女漫画の展開的にはさ。ほら反論ある？　Haru さん」

「……っ。降参するから勘弁してください」

「あーいや、こちらこそごめんね揶揄ったりしてさ。けど……これだけは本当だから」

そう言って Nayu は晴也の顔を見据えた。

それから彼女はボソッと「……ありがと」と口にする。

もう夜で暗くて表情は見えないが、心のこもったその言葉に晴也は心臓が思わず高鳴った。

「……ねえ」

「ん？」

晴也が固まっているとそれから照れ隠しのように唐突に彼女は話題を変えてくる。

「私バスケ部入るよ。けど、また孤立することがあったら責任取ってもらうからね？」

「……責任っていうと少女漫画的に言えばずばり結婚？」

「ホントは分かってるくせにこういう時ばっかり冗談言うんだから。………ばか」

「さっき揶揄われたお返し。ごめん」

「ううん。でも少女漫画だと～のくだりがこれまた分かるのは悔しいね」

小声でそう言ってから顔を背ける結奈。

これだけは伝えなきゃ、と思い出し晴也は口を開く。

「試合もし出るなら俺ぜったい見にいくから……」

「うん。見に来てくれると嬉しい……けど試合になると顔バレしちゃうな……ま、まあもういいかもね……」

最後のほうはぶつぶつ呟《つぶや》いており晴也は聞き取れなかった。

すると……何か思いついたのか彼女は人差し指を立てて晴也に尋ねた。

「Haru さん、そういえば明日の放課後は時間とれる？」

「とれるけど……」

どういう風の吹き回しだろうか。

そんな晴也の問いかけに答えるように Nayu は口を開いた。

「私がバスケ部に入る祈願とお守りにさ……リストバンド買いにいきたくて」

「お、いいじゃん。ぜひ行こう」

Nayu は試合で顔バレする前に自分の顔を見たときの晴也の顔やリアクションを見たくてたまらなかった。

バスケの大会で中学生の頃。

彼に顔は割れてしまっているようだが、あれから時間はかなり経《た》っている。

お洒落《しやれ》も覚えたし化粧のレベルも上がっていた。

これまでサングラスをかけて頑《かたく》なに顔だけは見せてこなかったのだ。

それが試合であっさり顔を知られるだなんてもったいないとNayuは思ったわけである。

だからリストバンドを買いに行くというのはあくまで口実にすぎない。

本心はただ晴也の動転する姿を近くで見たい……といったものだった。

そんな結奈の心情など知る由もない晴也は、

（良かったぁ……　Nayuさんがバスケを取り戻してくれて）

と、途轍《とてつ》もない達成感に身を包まれていた。

＊＊＊

夜も更けはじめたなか。

明日の夕方に結奈とリストバンドを一緒に買いにいくのを約束した後のことだ。

時間も時間なので　Nayuとはあれからすぐに解散することになった。

お風呂に入って一通り落ち着いたところで、晴也は小野井にことの流れを連絡するために、電話をかけた。

連絡先が書かれた紙を見ながら番号を打ち込んでいく。

この連絡先は小野井から一方的に渡されたものだった。

『高森がバスケ始めることあったらすぐに連絡ください！　夜でも構わないのでっ』

とのやり取りを覚えていたため……晴也はこの時間帯でも電話した。

一コールで小野井はすぐさま電話に出る。

（いや、早っ！）

内心で突っ込みながら晴也はスピーカーに耳を押し当てた。

『夜分遅くに失礼します。こんばんは。Haru です』

『あ、はい。こんばんは……Haru さん。いえいえ。いつでも連絡してって言ったのは私のほうなので……電話してきたってことは高森のことでなにか？』

『はい。高森さん、実は話し合いの結果バスケ部に入ることになったので』

数秒間、沈黙が続いてから――――。

『えええええええええええ』

声が大きく晴也は思わずスマホから耳を遠ざけた。

『それ、本当なんですか？』

『はい。なので高森さんの動向を気にされてた小野井さんには報告をと思いまして』

『あはは。実は私、最近高森のことばっかり考えちゃって練習に身が入ってなかったんです。なのでこの報告はすごく助かりました。ありがとうございます。どうやって連れ戻したのか、とか聞きたいことは山ほどありますけど、高森、うちとの試合までには出れるんでしょうか？』

その不安は最もなことだろう。

だがぬかりなかった。

晴也はその件について先生とすでに話を通しているのだから……。

『出れます！　なので小野井さんはそれまで練習にしっかり励んでください。そして試合に出て高森さんと向き合ってあげてほしいんです』

『もしかしてそっちの監督にまで根回しをしたんですか……？』

『………』

違わなかったので思わず黙ってしまう。

沈黙は肯定と捉えられたのか、小野井は晴也を褒めちぎった。

あの高森をバスケの道に戻すなんて……。それも監督に言質取るなんて……。

といった凄《すご》い持ち上げ方だった。

それだけ小野井にとって喜ばしい報告だったのだろう。

それから晴也は羞恥に駆られながらも、小野井と電話をしばらく続けた。

＊＊＊

冷えた身体を浴槽に浸かって温める。

けれど、身体とは対照的に心は真っ赤に燃えるように熱を灯《とも》していた。

（……Haru さん。〝わたし〟としっかり向き合ってくれていた）

天井を見やっては電球に向かって手を伸ばす。

高森結奈は瞳を閉じてこれまでの一連の流れを振り返っていた。


本来であれば今日……事情を話せば Haru さんは私のことを理解してくれるはずだと考えていた。

次に Haru さんと会えば……必ずバスケのことに触れてくるはずだから。

そして私の古傷をえぐってくる。それは絶対で間違いない。

結奈は確信していた。

以前別れた時のあの彼の瞳と言葉は自分をバスケの道に戻そうと考えているんだって。

『本当は、バスケ好きなんじゃないですか？』

いつかかけられた言葉がずっと頭の中を蝕《むしば》んでいた。

あの言葉を彼にかけられて以来……何をするにしても気が入らない。

だから私はその言葉を否定したくてバスケに再度触れた。

押し入れの奥深くに眠らせたバスケットボールを手に取って……。

夜の公園でバスケをしているとなんだか懐かしい気持ちになって一瞬、高揚感が身を包んだ。

だが、心のモヤは晴れたりなんかしない。

……わたしは何者でもないのだから。

わたしの後ろを誰かがついてきても、その誰かは途中でよそ見してどこかに行ってしまう。

そして……いずれわたしは一人ぼっちになってしまう。

期待だけさせといて最後には裏切られるのだ。

でも、それも仕方のないことだろう。

わたしの生き方では誰かを不幸にするとまで言われた。信頼していた仲間達に。

ならば、もうわたしを捨てるしかない。

みんなが求める普通の『私』になりきる。

常に全力を目指すんじゃなく……そこそこ頑張る普通の女の子。

そう、私はわたしを捨てたのだ。

けれど……

(――だめだ。バスケをしてるとおかしくなってくる……)

バスケで喜びの感情を持ったらだめだ。

捨てたはずのわたしが出てきてしまうから。

私が私でいるために。もう惑わされないように。

彼を全力で否定しよう。

もう全部 Haru さんにこの胸に溜まった不満をぶつけよう。

だから、と私は Haru さんに過去の事情を吐き捨てるように伝えた。

私がわたしとなった……その理由を。

これで彼は諦めてくれる。

そう思ったが彼は私に説教をし始めた。叱り始めてきた。

それもとても悲しそうな表情で……。

痛かった。苦しかった。辛かった。

けれど、彼とぶつかっている中で……ふと心が軽くなっていくのを感じた。

今まで直視できなかった彼の瞳を見つめる。

その目はどこまでも真っ直《ます》ぐにわたしを見ていた。

――ああ、そっか。


私はわたしを否定したかったんじゃない。

一人ぼっちだと思い込んでいたわたしを見つけてほしかったんだ。

目頭と胸の奥がツンと熱くなる。


――向き合おう、彼が向き合ってくれたわたしと。

そうして、私はわたしを取り戻したのだ。


ぶくぶく、ぶくぶくっ。

なんだか気恥ずかしなった結奈は口を湯舟につけて息をはいていた。

少しあったまろうとしすぎたかもしれない。

長風呂しすぎたな、と思う。

けれど、今日くらいは悪くないな、とも思った。

風呂から上がって結奈はタオルで髪を拭きながら、

（明日 Haru さんとリストバンド買いに行く前にバスケ部に入る手続きは済ませとかなきゃ……）

と冷静に思考する。

ならば明日はいつもより早めに登校したほうがいいだろう。

結奈はどこか興奮を抑えきれぬまま眠りについた。
＊＊＊

というわけで翌朝。

時刻は七時三十分。

いつもより早めの登校をした結奈は職員室を訪ねていた。

用事があるのは担任でありかつバスケ部顧問の常闇明香だ。

「……っ。おはよう。……ふふっ、まさか本当に説得するとはな」

「………？」

言っている意味が分からず結奈は首を傾《かし》げた。

先生は彼女の姿を確認するや否やおかしそうに微笑《ほほえ》んだのだ。

「ああ、すまんな。こちらの話だ」

ゴホン、と咳払《せきばら》いをして先生は足を組み替えた。

バスケ部への入部を希望したい、と口に出そうとすると先生がそれを口に出した。

「高森はバスケ部への入部をしに私のところへ来たのだろう？」

「……っ」

結奈は目を見開いて息を詰まらせる。

どうして先生はそのことを知っているの……？

思わず呆気《あっけ》に取られた。

「まあ、今日は部員達に挨拶だけ済ませておくことだな。練習は明日から参加してもらおうと思ってる。はい、入部届。これ書いて、部費はまた後で支払ってもらえればいいから」

先生はそう言って引き出しから入部届を結奈に差し出した。

「は、はぁ……これはどうもご丁寧に」

と空気に飲まれるも彼女の頭の中は疑問符で埋め尽くされていた。

（なんでこんなに先生の手際がいいの？　まるで私が事前に相談に来ると分かっていたような感じだったけど……）

誰かが先生に根回しでもしていた？　私がバスケ部に入るかも……みたいな。

そう考えれば辻褄《つじつま》があうが、結奈はその可能性をすぐさま一蹴した。

（いやいやないでしょ……。一体だれがそんなことを何のためにするっていうの……）

馬鹿らしい、とは思いつつ気にはなったので結奈は先生に尋ねた。

「先生、私が来る前に先生にバスケ部のことで相談しに来た人とかっていないですよね？」

「いや、どうだろうな」

先生はコーヒーを啜って誤魔化した。

結奈はその先生の反応に一瞬だけ違和感を抱きながらも職員室を後にする。

（まあそんなわけないよね……。沙羅と凜にバスケ部入ったことは今日の夜にでもチャットで伝えよう……）

そうしないとまたクラスが自分のせいで騒がしくなるだろうことを結奈は予想していた。

（それにしてもバスケ部の人達ってどんな人がいるんだろ……ちょっと緊張するな）

そんな一抹の不安を抱きながら結奈は今日一日……学校生活を送ることになった。


そして、迎えた放課後。

バスケ部員達に挨拶するときが訪れる。

Haru とリストバンドを買いに行く約束が入っているが挨拶が先だった。

場所は体育館。

先生に促されるまま一列に整列しているバスケ部員達の前に結奈は立つ。

「新入部員だ。今日は挨拶だけしてもらおうと思ってな。早めに顔合わせをしてもらうことになった」

先生の視線が結奈に移る。

それに倣うように部員達の視線も結奈のほうに注がれた。

自己紹介をしろ、ということだろう。

結奈はその場で軽く息を吐いてから皆の前に向き合った。

「一年生の高森結奈です。入部することになりました。よろしくお願いします。一応……中学の頃にポジションはポイントガードをしてました」

はっきり言って頭を下げると……全員からぱちぱちと拍手が沸き起こる。

体育館が歓迎の音で満たされた。

(ここから始めるんだ……もう失敗しない)

少し自分を追い詰めながら結奈は覚悟を決めた。

明日から結奈もバスケの練習に参加することになる。

ぎゅっと拳を握り込んで結奈は表情を少しだけ固くした。

＊＊＊

学校を終えると身支度を整えてから晴也は駅に来ていた。

今日はこれから同志であるNayuとリストバンドを買いに行く約束をしているからだ。

待ち合わせ場所は——駅前の噴水。

ザーッと流れる水の音を聞きながら晴也は精神統一を行った。

今日の学校は疲れた。

というのも、風宮から「高森さんが元気になったぞ！　これって恋じゃない？　なあ、赤崎どう思うよ」とハイテンションで絡まれ続けたからだ。

元気になったといっても結奈は普段通りの彼女に戻っただけで、そこまで機嫌がよくなったわけではない。

少なくとも晴也の眼から見ればそうだったのだが……周囲の反応は違ったらしい。

風宮に限らずクラスメイトのほとんどが結奈の変わりように驚いていた。

随分と暇な同級生達だ、と思う。

それと同時にやはり学校で目立つのはしんどいよな、と少しだけS級美女達に同情した。

「お待たせ……」

しばらく待ち合わせ場所で待機していると、恭しく彼女は晴也のもとまで駆け寄ってきた。

「えっと……」

結奈の姿を認めると晴也は思わず言葉に詰まった。

彼女のトレンドマークがなくなっていたからだ。

服装は申し分なくいつも通り大人な女性の雰囲気を漂わせるもので美しい。

が、いつもなら隠されているはずの目元が今ではしっかりと見えていた。

なぜなら――――彼女はサングラスを外していたからだ。

「サ、サングラスはどうしたの？」

「え……ああ、うん。試合に Haru さん来るなら顔隠すのも……もういいかなって」

髪をくるくると指で巻きながらどこか落ち着かない様子の結奈。

「そっか。うん似合ってると思う……ま、それじゃリストバンド買いに行こうか」

「え……う、うん」

結奈は少しだけ唇を尖《とが》らせながら晴也の後ろをついてきた。

彼女としてはもっと慌てふためく晴也を見たかったらしい。

思ったよりも「へーいいと思うよ」みたいな余裕そうな態度だったため、少しだけ不満を募らせたわけだ。

だが、晴也からしてみれば Nayu の素顔を見るのは何も今回が初めてのことではない。

だから驚きが薄くなるのは仕方のないことだったのだ。

「……もう Haru さんのバカ」

「え、なんで俺罵倒されてるんだ？」

「知らない」

振り返れば顔をぷいっと背けられた。

なんでだろう。

Nayu さんが不機嫌な気がするぞ……。

晴也は背後からの負のオーラをしっかりと感じ取っていた。

駅からそれほど離れていない場所にスポーツショップは見つかった。

夕方の人通りは多いためか、何人か店内に客がいることが窓から確認できる。

なかなかに繁盛しているらしい。

「なんだか懐かしいな……」

店の前で彼女は物思いに耽《ふけ》っていた。

中学の頃、この店と同じようなスポーツショップでお世話になっていたのだろう。

晴也達は早速店内へと足を運んだ。

「へえ、リストバンドってこんなに種類があるんだ」

「Haru さんはリストバンド使ったことないの？」

「ないな」

リストバンドを扱っている商品棚を見て回るが種類の多さに目がくらむ。

「むっ……これはちょっと悩んじゃうね」

「どうかしたのか？」

その問いかけに結奈は無反応だった。

彼女は一人の世界に入り込んだのか、じっと二つの商品を手にとっては悩んでいる様子だ。

晴也は彼女の側に立ってから何気ない素振りでもう一度尋ねる。

「どっちがよさそうなんだ？」

「……んー、これ両方とも最新版出てるみたいで悩んじゃってるんだよね」

やはり晴也の見立てに間違いはなかったようだ。

彼女が手に取っているリストバンドの色は黒と青。

性能とか色々違いがあるのだろうが晴也にはよく分からない。

とりあえず彼女から二つとも取り上げ……晴也も適当に一つリストバンドを手に取り会計へと向かおうとする。

「え、Haru さん……ちょっと一体何を？」

「二つとも俺に今回は奢《おご》らせてほしい。それでこのリストバンドは自分用に買ってみようかなと思ってさ」

「いやさすがにそれは悪いよ……」

「Nayu さんにはいつも助けてもらってるしな。それに昨日の夜のお返しもしたいし」

晴也がそう言うと、Nayu は少し沈黙してから控えめに頷いた。

「そ、それじゃあ……言葉に甘えるね……ありがと」

晴也は三点のリストバンドを手に会計へと向かった。

ちなみに値段は合計で約三千円。

思ったよりもちょっとだけ高かった。

＊＊＊

近場の公園まで移動し晴也達はベンチでくつろいでいた。

リストバンドを取り出すとまた彼女はじっと青と黒のリストバンドに見入る。

そのリストバンド……催眠効果でもあるのだろうか。

晴也は思わず苦笑を浮かべた。

「Nayu さん、せっかくだしリストバンド着けてみたら？」

「……っ。ごめん、普段買わないレベルのリストバンドだからつい我を忘れちゃって……」

一度頭を抱えてから彼女は頷いた。

「あはは。そんなにいいやつなんだな……このリストバンド」

「うん、だって高かったでしょ？　吸汗性がばっちりみたいだしきっと手触りもいいに違いないよ……」

「あ～ Nayu さん。ほら貸して」

また彼女は悩みだしそうだったため晴也はじれったくなって青のリストバンドを開封する。手触りのいい感触で高いのにも納得がいくリストバンドだった。

「手首出して？」

「えっ……」

結奈は声を上げて晴也を見据える。

「いや自分で着けられるけど……」

「いや Nayu さん、絶対黒か青、どっちを先に着けるか考え出して今度は悩むだろ？」

「……そ、そんなこと」

ない、とは言い切れないだろう。

だからこそ晴也は居ても立ってても居られなくなって自分が彼女にリストバンドを着けることにしたのだ。

じーっと結奈を見つめていると観念したのかため息を零す。

「……仕方ないか」

彼女はぷいっと顔を背けながらも大人しく手首を差し出した。

結奈の腕は色白く華奢《きゃしゃ》なものだ。

晴也は青のリストバンドを広げてから結奈の腕に通した。

「……んっ」

するとくすぐったいのか、一瞬だけ艶《なま》めかしい声が耳を襲ってくる。

声を我慢しているからか、余計に扇情的な声になっており晴也は思わず目をそらした。

「ほ、ほら似合ってるな。黒も似合うと思ったけど Nayu さんはイメージ的に青な気がしたんだ」

危ない。

表情には出ていないと思うが、声だけは思わず早口気味になってしまった。

「な、なんでそんなに余裕そうなのよ……」

晴也に聞こえないくらいの小声でボソッと結奈は呟いた。

耳を赤く染めながらも彼女は悔しがっている。

晴也があまりにも悠々とした態度を取っているからだ。

(……面白くない。私の素顔見ても全然動揺すらしてないみたいだし……それに女の子にリストバンドを着けるなんて、そんなこっぱずしいことよく平気でできちゃうよね……Haru さん)

思い出しただけでも先ほどの行為には羞恥心が募ってくる。

彼女は晴也にも同じ気持ちになってもらいたくて……ニヤリと口角を吊《つ》り上《あ》げた。

「……そういえば Haru さん。自分の分とかいって青のリストバンド買ってたよね。私と同じもの」

「あーホントだな」

別に狙ったわけじゃない。

ただ晴也は近くにあったリストバンドを手に取っただけだ。

それがどうやら偶々《たまたま》お揃《そろ》いものになったというわけである。

「さっき着けてもらったお礼に今度は私が Haru さんの着けてあげる」

「い、いやそれは悪いって……」

なんだか彼女の顔が怖くて晴也は遠慮したい気持ちに駆られた。

「ううん、遠慮しなくていいから Haru さん」

有無を言わさぬ圧力。

結奈は笑っているが顔が笑っていなかった。

そんな彼女に晴也は否定の言葉を紡げない。

「……わ、分かった」

「ん、よろしい」

そう言うと彼女は青のリストバンドを広げて晴也の腕に通していく。

肌ざわりのいい感触が手首に合って少し気持ちがよかった。

（ほら、これで私と同じ気持ちに少しはなってくれた……？）

と、クールな彼女が顔を上げると目の前に晴也の顔がきてしまう。

顔が近い。

至近距離だった。

結奈は勢いよく顔をそらしてから……そのまま背を向ける。

（なんてベタな展開がこんなタイミングで起きるの……。これじゃあまるで私と Haru さん付き合ってるカップルみたいじゃゃ……）

と、そこで自分の手首と晴也の手首を見つめる結奈。

彼女はそこで気づいてしまった。今更気づいてしまったのだ。

ペアルック。

男女が同じものを、互いに身に着け合えば、それはもう付き合っている男女そのものだろう。

しかもそれをお互いに身に着け合うというプレイもセットだ。

結奈は顔から火が出そうになり……羞恥で固まった。

晴也はそんな結奈にかける言葉が見当たらず、何気なく……。

「えーと……お揃いだな、Nayu さん」

と、発言すると、彼女は「か、帰る……また連絡するから」と一目散にその場を去ろうとする。

「え、なんでそんな急に⁉」

「知らないし…… Haru さんのバカ」

べっと舌を突き出しては彼女はそのまま嵐のように去っていった。

（やばい……また嫌われることしたかもしれない）

晴也は肩を落としながら帰宅する。


その日の夜、彼女から栄華高校の住所がメッセージに送られた。

バスケの試合場所とのことである。

（まあ、そこ俺が通ってるとこなんだけどな……）

返信が来たことからどうやら嫌われてはいなかったようだ、と晴也は心底安堵した。

＊＊＊

（はぁ、時々無自覚だから Haru さんはいけないんだよね……好きとかじゃないけど女心を分かってないんだから）

少女漫画を嗜《たしな》んでいるはずなのに……変な話だ。

結奈はくすっとおかしくなって微笑む。

夜。

結奈は寝る準備を終えると、スマホを弄《いじ》りながら沙羅と凜にメッセージを送信した。

バスケ部に入部したこと。

近々試合があるから見に来てほしいこと。

この二点を伝えるメッセージを結奈は送った。

（……っ、すぐ二人から既読がついた）

だというのになかなか返信が返ってこない。

二人ともすぐに食いついてきそうな話題なのに、と彼女は首をひねった。

だが、それも無理ないことだろう。

沙羅は沙羅で直近のことを思い出していたのだ。

（え、赤崎さんからバスケの話をお伺いして……すぐに結奈さんがバスケ部に入部って……まさか……いいえ、きっとたまたまですよね）

そして凜は凜で――――。

（あれ？　お兄さんもバスケの話してたけど、もしかして……いや～そんな偶然はないよね）

二人ともが晴也の顔を思い起こしては返信に時間を取られていたのだった。

数分後に沙羅と凜から試合を見に来てくれるといったメッセージが届く。

思わず結奈の表情が緩んだ、その時だった。

(あれ？　バスケ部に入部はできても私、新入部員で試合には出れないんじゃ……？)

その事実に気づいてしまい思わず焦る結奈。

Haru、沙羅、凜に試合の招待をした以上……もう後には引けない。

これで試合には出れません、なんてことになったら最悪だ。

だが可能性は十分に考えられた。

(あ〜もしかして私やらかしちゃったかな……)

その場で結奈は苦笑いを浮かべることしかできなかった。


彼女は急いで翌日。

担任にその件で確認を取りいったのだが、最後の1セットだけは使ってくれるらしい。

どうしてここまで先生の理解が早いのか結奈には不思議で仕方がなかった。

(まあ何はともあれ試合に出れる確約は取れた。小野井、ちゃんと私……あんたにも向き合おうと思うよ)

結奈はこの場にいない小野井に胸中で声をかけていた。

栄華VS宮座戦までの時間はもう間もなくだ。

第四章　高森結奈

nazeka
S-class bizyotachi
no wadai ni
ore ga agaru ken

数日経《た》って迎えた土曜日。
練習試合の当日を結奈《ゆな》は無事に迎えた。
梅雨で不安定だった空模様も嘘《うそ》のようで今は太陽が顔を覗《のぞ》かせている。
体育館で部長が活を入れ、それに部員達も倣って士気を高めていた。
「今日は宮座との練習試合！　しっかり結果出すよ〜！」
「「「おー！」」」
軽く練習し程よい汗を流してから、校門の前で部員達が待機する。
そろそろ宮座高校《みやざこうこう》バスケ部の人達が来られる時間だからだ。
それから数分待つと宮座高校のバスケ部員達が栄華高校《えいがこうこう》に到着する。
ふと、そこで見知った懐かしい顔を結奈は見つめた。
それは相手も同じだったのだろう。
こちらを見つめて目を見開いて固まっていた。

互いの高校の部長と顧問同士が挨拶をし始める。

それを終えると両学校の部員達は体育館へと足を踏み入れた。

——どく、どく、どく。

いざこうしてバスケ部に入部した結奈だが、今まで拒絶していた小野井《おのい》とどう向き合っていいものか分からずにそわそわとしてしまう。

それは向こうも同じなのか、結局のところ、挨拶の一つもできずじまいで結奈と小野井は試合を迎えることになった。

互いが互いを気にかけながら——。

＊＊＊

（——やばい。思いっきり寝過ごした！）

あれだけ試合を見に行くと言っておきながらこれはまずい。

時刻を確認すると九時三十分。

晴也《はるや》は飛び起きて支度を終えると自転車を大急ぎで走らせた。

呼吸が乱れながらも、思いのほか早く栄華高校に到着する。

それも全速力で自転車を走らせたからだろう。

体育館のなかに足を踏み入れると熱気を身体全体に浴びせられた。

練習試合はもう始まっているらしい。

急がないとな、と晴也は慌てた。

すでに何名か観客がいるようで晴也は気配を殺して応援席まで移動した。

その際に何人かがこちらに視線を向けたがすぐに試合のほうへと目線を戻す。

晴也は特に目立ちそうにない席まで移動した。

両学校の熱気と掛け声で活力を晴也は感じ取る。

「お、次から結奈りん。出番みたいだよ！　応援しなきゃだね沙羅《さら》ちん」

「交代みたいです。……が、頑張ってくださいね。結奈さん」

「もっとこう、結奈りんファイトー！　って感じの応援をしようよ沙羅ちん」

「ファ、ファイトー……」

沙羅は恥ずかしそうに小さな声で声援を送っている。

そんな光景を晴也は少し離れたところで見つめていた。

（……姫川《ひめかわ》さん来てたのか。まぁ Nayu さんとは友達みたいだしそりゃいるよなぁ）

発見されないようにしよう。

そう苦笑いを浮かべつつ晴也は今の試合状況を確認する。

先ほどＳ急美女達が言ってたようにどうやら今から結奈が試合に参加するらしい。

つまり晴也はちょうど絶好のタイミングで来た、ということだ。

もう試合も終盤戦だった。

つまり、あと数分で試合が終わる。

先生が言ってたように最後の数分は結奈を使ってくれるらしい。

結奈の出番が始まる。

宮座のチームメンバーを見れば小野井がすでに選手として参加していた。

点数を見るに、わずかに宮座が栄華よりもリードしている。

晴也はごくり、と固唾を飲んで試合状況を上から観察し始めた。

＊＊＊

「高森《たかもり》。お前の速攻攻撃で相手の戦意を削ぐんだ。まだチームとの連携に慣れていない高森は言わばジョーカー。分かるな？　無理はするな。けど気合い入れて頑張ってこい」

監督（担任）の声かけの後、結奈は選手としてコートに足を踏み入れた。

髪をゴムで結って気合いに満ちた顔つきで小野井を見やる。

小野井は汗を手で拭いながら不敵に笑ってみせた。

ブザー開始の音で栄華と宮座の試合が再開する。

結奈は早速、高速ドリブルで相手のチームを突き抜けた。

（は、速いっ……）

（ボール捌《さば》きも尋常じゃない）

（と、止められない……っ）

驚愕《きょうがく》したのだろう。

出鼻をくじかれ宮座は一気に結奈一人に得点を許してしまう。

連続でシュートを決めるその姿はまさしく『孤高』の文字にふさわしい。

綺麗《きれい》なシュートフォーム。洗練された動き。巧みなボール捌き。

コートは結奈一人が支配する。

大胆不敵に笑ってみせ彼女は野心を静かに燃やしていた。

その様子を監督は懸念しながら見つめている。

結奈を後半まで登用しなかったのは、これが原因でもあったのだ。

彼女は何を恐れているのか、チームプレイにあまり励もうとしなかった。

（……入部してからまだ二日しか経ってないからな。気にしすぎかもだが兆候としてはよくない）

今のように独壇場でバスケをやるか、簡単なパスを味方に出すかの二択しか彼女はしていなかった。

今の彼女はカッコよくて目を惹《ひ》かれるけれど、とてもその姿は寂しそうに見える。

(……すごく怯《おび》えてる。まだトラウマを解消しきれてないんだろうな)

監督は憂いを帯びた眼差《まなざ》しで結奈を見つめていた。

そんな結奈の独壇場の光景を見つめる、S級美女達は口をぽかんと開けてしまっている。

(まるで、結奈さんが結奈さんじゃないみたいです……)

(結奈りんって……もっと控えめな性格じゃなかったっけ?)

驚きを隠し切れない様子で結奈を彼女達は心配していた。


さて、そんな中、晴也はといえば首を静かに横に振って下唇を噛《か》んでいた。

(違う…… Nayu さん。俺が見たかったのは。あのとき会場を沸かせたのは……そんなプレイじゃない)

一人で活躍するのでは心は動かない。

もちろん、結奈の技術は素晴らしいものだ。

巧みなボール捌きやシュートフォームは自然と目を惹かれるほどに美しい。

けれど、チームに、あいつ一人でいいじゃん、そんな風に思わせるプレイで晴也は心が動かされたのではない。

だから晴也はこんな光景を見たくなかった。

あのとき自分を変えてくれた結奈はもういない、と思わされるのが恐ろしかったのだ。

目を閉じこの光景を一瞬受け入れないように考えてしまう。

が、晴也は信じて見守り続けた。

そんな時だった。

（そんなプレイをするあんたが嫌で私は……私はっ、あんたを見限ったんだ。ちゃんとしてよ！　高森っ）

結奈の独壇場を小野井が破ってみせる。

ボールを奪いそのままカウンターで宮座は流れを取り戻した。

そしてそのまま宮座は得点を加速させていく。

「……皆、しっかりしていこう。私がついてる」

小野井はそうチーム全員に言い聞かせた。

はっとチーム全員が小野井を見やって冷静になる。

「……圧倒されては駄目。独りよがりなプレイは落ち着いて対処すれば絶対大丈夫だから。私を信じて」

小野井はチームメンバーを不安にさせない優しい声音で言った。

メンバー一人一人の顔を真剣に見つめながら。

宮座のメンバーはその声掛けで冷静になったのか、何度か深呼吸を繰り返す。
そして戦意をそれぞれが瞳に宿して結奈を見据えた。
結奈のプレイはたしかに脅威だ。
でも相手は一人。
数で勝負すれば歯が立たないわけではない。
バスケは個人競技ではなく団体競技なのだ。
「……っ」
実際、今まで簡単に一人、二人と連続で抜けていたのに結奈は道筋を潰される。
——そして。
「いただき」
足が止まったところで、小野井からまたボールを取られてしまった。
結奈はそこで思わず顔を俯《うつむ》かせる。
下唇を噛んで肩を震わせた。
(失敗はできないのに……失敗はできないのに)
高揚感を満たしてくれる熱い汗も今はとても冷たく感じる。
一言で言ってしまえば最悪だ。
観客席を見ずともわかる。

沙羅も凛《りん》も……そして晴也も結奈のプレイには幻滅してしまっているだろう。

（……情けない。〝わたし〟になる決意はできても結果がこれじゃあ意味がない）

自分の弱さを痛感してしまう結奈。

そこから結奈は空気に徹し消極的なプレイを心掛けるようになってしまった。

そんな結奈の姿を小野井は静かに横眼《よこめ》で見つめていた。

＊＊＊

高森結奈。

彼女は出会ってから早々私にとっての憧れの人となった。

まるで彼女は御伽《おとぎ》噺《ばなし》に出てくるようなそんなカッコいい女の子だ。

地元のスポーツ団でバスケを習っていた小野井美知留《みちる》はなんとなくで中学校に上がってからバスケ部へと入部した。

そこで出会ったのが彼女――高森結奈。

彼女は向上心が飛びぬけて高い選手だった。

真《ま》っ直《す》ぐな瞳で『皆で全国目指さない？』なんてそんな大口を小野井を含む同級生に言い放ったのだから……。

冗談かと思っていた私達は『そうだね』とその場で笑った。

（……口先だけなら誰だってそんなことは言える）

そんな人を小野井はこれまでにたくさん見てきていた。

でもその大半は実力が伴っていない。

だから結奈の発言で響くものはなかった。

……もっとも、彼女のプレイと野心をこの目で見るまではだが。

（うそ……信じられない。なにあのプレイ……）

先輩達に1 on 1を挑んで結奈は敗北を喫しなかった。

この中学校は決して強豪校ではない。むしろ逆。

なので弱小校に位置するのだが、それでも下級生が上級生を相手に圧勝するのは小野井にとって衝撃的なことだった。

先輩に勝負を挑んだのも、練習メニューの強化を先輩に進言したところ、目をつけられて「生意気いうな」と口論になり、1 on 1、と。

そういう流れだったらしい。

（こ、こんなに上手《うま》いのにどうしてうちに……）

気になった小野井は彼女に聞いてみたのだが、

『一から這《は》い上《あ》がって上まで登り詰めたらカッコいいじゃん……だからだよ』

まるでそれ以外にある？　とでも言いたげに。

自信満々に彼女は言ったのだ。

衝撃だった。彼女の生き方を私はかっこいいと思ってしまった。

――何よりも彼女に惹かれてしまったのは彼女にチームの統率力があることだった。

メンバー一人一人に真摯に向き合い、その人に応じたトレーニング方法だったり、何でもない遊びに誘ってメンバーのメンタルケアをしたりと、結奈は本気で小野井達に向き合っていたのだ。

そしてプレイで魅せるカリスマ性をも結奈は持ち合わせている。

自然と小野井は……いや小野井達は結奈を慕い結奈の背中を追うようになっていった。

そして弱小校からは考えられないくらいの成果を残すことになる。

その結果、当然大いに喜んだ。

もっとも結奈一人だけがずっと悔しそうにしていたが……。

だからだろうか。

部員達が現状の結果に満足してしまった時から結奈は少しずつ過激になっていった。

無茶《むちゃ》なパス回しを始めとした、過酷な練習メニュー。

結奈はずっと何かにとりつかれたように『全国に全国に……』と口にしていた。

どこかやつれた顔で、されど野心に満ちた瞳で、私だけが頼みの綱、と訴えてくる。

小野井はそう頼まれては断り切れず、かなり無理をして結奈の背中を追うことにした。

もうこの頃から結奈には周りの声が聞こえてなかったのだろう。

周りが見えておらず視野が狭くなっていたのだと思う。

過酷を極めた練習にはリスクがつきものだ。

ある日のこと。

それはふと唐突に起きた。


――小野井が激しい練習で足をケガしてしまった。


それに気づいた他の部員が口をそろえて言う。

『高森、あいつは怪物だよ。わたし達凡人のこと分かってない。もうついていけないって』

『それ。小野井にケガまでさせたんだよ？　つか全国って本気で言ってるの、あたおかじゃん。無理に決まってんのに』

『なんか熱血でいい子だったのに負けちゃった試合から人が変わったよね。チームのためとか言いながら自分が全国行きたいだけ。わたしらを道具かコマだとでも思ってんだよ。わたしもついていけない。小野井がケガまでしたんだし、皆高森についていけないのは道理。だったら、もう追い出すしかない』

『…………』

『小野井、あんた優しいから辛《つら》いのは分かるけど。今の高森はおかしい。このままじゃチームのためによくない。あいつの頭を冷やすためにも一旦バスケから離れさせるべきだって』

チーム全員の意見。

たしかに小野井の目からみても今の結奈は……以前の結奈とは違って見えていた。

かつてのメンバー一人一人と向き合って士気を高めていた結奈ではない。

独善的で自分のために邁進《まいしん》するのが今の彼女。

それは否定できなかった。

他の部員達が言うようにバスケから離れて頭を冷やしてもらう。

そうして小野井は心を鬼にして言い放ったのだ。

「部活から距離を置いてほしい」

けれど、今こうして試合をしてみて痛感する。

あの頃の私は未熟だった。

結奈の背中を追っていた。ずっと結奈の後ろを追いかけていた。

そんな気になってしまっていた。

だから……結奈と同じ目線で小野井はものを言うことができなかったのだ。

けれど、そうじゃない。

そうじゃなかった。あの時やつれていた、どこか狂気に満ちていた結奈に小野井がすべきだったこと。

（それはね……高森。私の憧れた高森結奈ってやつがどんな奴《やつ》だったのか、あんたに届けることだったんだ）

いつかのあのとき。

結奈が小野井に魅せたプレイを今ここで小野井が再現する。

（……もうあんたの後ろにいた気になんてなってたまるか）

私の憧れたあんたはいつだって誰かに寄り添ってた。

プレイで魅せながらも……誰にだって対等に。

（私は……ううん。私達はあんたの後ろにずっといたわけじゃない。私の憧れた高森はずっと遠くにいるはずなのに、それでも隣にいてくれた。そんなあんたに私は最高に痺《しび》れたんだ）

だから、と小野井は沈んでいる結奈を見つめて内心で付け加えた。

（言葉はいらない。プレイで魅せる。今のあんたは私を痺れさせたあんたじゃないよ……。

私が目覚めさせてあげる、と小野井は不敵な笑みを浮かべてみせた。

＊＊＊

（なんでこうなっちゃうんだろ……せっかくHaruさんが期待してくれたのに）
結奈は嫌な汗を流しながら戦意を喪失しかけていた。
世界にノイズが走り全てが鈍化する。
時間が体感ではゆったりと感じられ……あたりはとても静かだ。
今際の際に走馬灯のように人生を振り返るのとおそらく感覚は近いのだろう。
（どうしてって、そんなのは明白か……）
結奈自身、今のプレイはしたくてしているわけではなかった。
一人で切り込んで、一人で得点するプレイスタイル。
これは結奈が楽しいと思えるバスケじゃない。
バスケは個人競技じゃなく団体競技だ。
その戦い方では通用しないなんて、言われなくても結奈自身が一番よく分かっている。
それでも彼女が一人で独壇場のようにプレイしてしまうのは……。
（怖いんだ。きっとまたあの目を向けられるのが……）
ふとかつてのライバルをケガさせてしまったことを思い出す。

そして蔑ってくれていた仲間に向けられたあの日の軽蔑の視線。

……忘れられるわけがなかった。

上を目指して皆で楽しくバスケをしていた時間があったからこその苦い記憶。

情けない話だが結奈はチームプレイを恐れてしまっている。

しばらくバスケから離れていた弊害でもあろう。

それに加えてHaru からの期待と、もう失敗できない、といったプレッシャーが結奈の行動を縛ってしまっていた。

実のところ……バスケ部に入部してからはじめの練習で結奈は自分の臆病さに気づいていた。

周りが「まだお互いのこと知らないししょうがないよ。でも、めっちゃ上手いんだね。高森さん」と言ってくれたため考えないようにはしていたが……。

潜在的には分かっていた、と思う。

「はぁ、はぁ、はぁ……」

試合の状況が何も頭に入ってこない。

ものの見事に頭が真っ白だ。

とりあえず足は動かすけれど心が弾まない。パスが回ってきたらすぐに他の人へパス。

ほんとうはこんなバスケがしたいんじゃないのに……。

（……小野井とも向き合うつもりだったのにごめん）

と、結奈が謝罪の意味を込めて小野井に顔を向けたその時だった。

思わず結奈は目を見開いて固まってしまう。

（……どうしてそんなに楽しそうなの？）

この場にいる小野井は心底楽しそうに汗を流しながらバスケをプレイしていた。

それだけじゃない。

宮座のチームが小野井を中心としてこれまで以上にアクティブに動いていたのだ。

バスケの音が不規則にリズムを刻んでいく。

互いが互いを信頼しあった目。全員が全員体力的にもしんどいだろうにバスケを楽しんでいるように結奈の目には映った。

（胸が高鳴るこの感じ……一体なに？）

結奈は振り返って今度は仲間の栄華チームを視界に入れた。

宮座に得点を許し差が広がりきってしまっている栄華のチームメンバー達を。

（……誰一人諦めようとしていない。皆が皆……逆転できるかを模索し続けてる。チームのために……）

宮座と栄華。

それぞれのチームメンバーを見て結奈は胸の高鳴りを抑えることができなかった。

そして今、このコートで最も輝いてる小野井を見ると腑《ふ》に落《お》ちる。

——ああ、そうだ。

(私いつからメンバーに向き合うのをやめちゃったんだろ……)

自分の原点。

小学生〜中学二年の途中まで結奈は仲間の一人一人に向き合っていた。

けれど、皆と自分との目標値のギャップを感じた時——途方もない寂しさと悔しさを覚えた結奈は自分の背中を魅せることだけに固執してしまっていた。

かつての〝わたし〟に倣う小野井を見てはっと気づかされる。

(相手と向き合ってないのに自分についてこい……なんてすごい傲慢だったな)

後悔を胸に秘めつつ再度栄華のチームメンバーに目をやった。

(この人達は私に向き合ってくれている。入部して間もないうえに連携もしなかった私を叱責することなく仲間として見てくれている。そして試合にまで出してくれている)

そんなチームメンバーがまだ誰一人諦めず逆転の機会を窺っているのだ。

なのにどうして結奈に折れることが許されるのだろうか。

私が彼らと真摯に向き合わなきゃ、失礼だと思った。

それに何より、と付け加える。

（……好きなのに笑えずにプレイしているなんて、そんなのバスケに対して失礼だ）

結奈は戦意を完全に取り戻した。

＊＊＊

観客席では一人の選手に皆の注目が寄せられていた。

小野井美知留。宮座高校——バスケ部の司令塔。

一年生ながらも頭角を現しているのか、いきなり雰囲気が変わりチームの集中力を底上げさせていた。

都度、的確な指示を出してチームメンバーの連携を向上させている。

当時の結奈ほどのカリスマ性はないが、それでも十分に目を見張るほど小野井のプレイは美しい。

晴也は結奈に視線を飛ばした。

（Nayu さん、頑張ってくれ。俺は信じてるからな……）

晴也の惹かれた結奈のプレイ。

それは勿論《もちろん》、彼女自身の技術も含まれるが、それ以外の側面のほうがどちらかと言えば大きかった。

（……小野井さんを見てくれ、Nayu さん。俺が惹かれたのはあんな感じのプレイなんだ）

もどかしさを胸に秘めつつ試合を見ていると、少し遠くからS級美女達の声が聞こえてきた。

「……あの向こうチームの人、なんか覚醒してるみたいだね。特別見ようと思ってるわけじゃないのに自然と目で追っちゃう。ダメダメ。結奈りんを見ないとなのに～」

凛が葛藤を隠し切れぬ様子で呟《つぶや》く。

「でも私も少し凛さんの気持ちが分かります。結奈さんの速いドリブルも目を惹かれましたけど、一過性のもので……あのお方のはずっと目を惹かれてしまいますね」

顎に手を当てながら沙羅が同意すると、

「あっ、分かったよ……沙羅ちん！　あの人はチーム全員を強くしてる感じがするから……だからきっと見ちゃうんじゃないかな？」

「そ、そうですね。言われてみればそうかもです」

たしかに彼女達が言うように小野井はチームの力を伸ばしている。

小野井がプレイで魅せることによって。

でも、それ以上に晴也は小野井と結奈との間には明確な違いを感じ取っていた。

（笑顔……楽しそうに Nayu さんはバスケをやってない。まだ苦しそうに窮屈そうにバ

スケをしている）

「結奈りんはちょっと元気なさそうだしここで私達の応援もう一回届けよっか？　沙羅ちん」

「え、あ、あの……ファ、ファイトー……をもう一度するんですか？」

沙羅は一歩たじろいで視線を彷徨《さまよ》わせた。

「うん。そしたら結奈りんがさ……ほら戻ってきてくれるかもしれないし！」

「え、えっとそんなことは……」

ない、と言い切れないのが沙羅の弱いところだ。

（で、でも口をメガホンにしてファイトーは恥ずかしいです！　他の方達でそんなことしてる方一人もいないですし）

と、沙羅が観客席を見回した――その瞬間だった。

この席から少し離れた先。

目立ちそうにない脇のほうで栄華高校の制服を着たイケメンが立っている。

「…………」

「…………」

互いに目をぱちぱちと瞬《まばた》きさせること数回。

晴也は咄嗟《とっさ》に顔を逸《そ》らすものの、すでに手遅れの様子。

思わず沙羅は目を見開いて固まってしまう。

（……え、どうしてこの場に赤崎《あかさき》さんがいらっしゃるんですか？）

考えが追いつかない。

思わず動揺してしまっていると凛が不思議そうに首を傾《かし》げた。

「誰か知り合いでもいたの？　沙羅ちん」

「……あ、わ、い、いないです……い、いないですからねっ！」

顔を真っ赤に染めながら沙羅は身振り手振りで覗きこもうとする凛の視界を遮った。

晴也はその間に急いで一度、観客席を離脱する。

そして整えていた髪を一気に前に下ろして姿勢も猫背を作った。

それから沙羅達とは向かい側の観客席まですぐさま移動する。

（……姫川さん。俺が学校で目立ちたくないこと知ってるから身を挺《てい》して守ってくれたんだな。目があった時は終わったと放心したけど何とか誤魔化《ごまか》せてよかった……）

と、安堵《あんど》の息を晴也は零《こぼ》した。

「その反応、すっごく気になる……！　絶対なにかあったでしょ？　顔真っ赤だし誤魔化せてないよ、沙羅ちん」

「な、ないです！　何もないですっ！」

胸の前で両手を握り込み必死に否定する沙羅。

耳まで真っ赤にしながらぎゅっと目をつむる沙羅を見ると、凜は彼女を愛《め》でたい気持ちに駆られてしまった。

「……き、気になるところだけど……今は試合に集中しなきゃ。結奈りん頑張れ」

「そ、そうです。試合を見ましょう。結奈さんファ、ファイトです」

沙羅と凜は試合の観戦に意識を戻した。

晴也も晴也で心配そうに結奈を見つめている。

と、そんな時だ。

結奈が拳を静かに突き上げる。

正気に戻ったように、穏やかな表情で。

まるで観客席に向かって『もう大丈夫』と安心させているかのようだった。

晴也は思わずそんな結奈の姿に口の片端を上げる。

(……もう本当に大丈夫みたいだな……見せてくれ。Nayu さん……俺を、会場を魅せたそのプレイを今一度……)

熱くなる胸をぎゅっと抑えて晴也は目を見開いた。

「……沙羅ちん。結奈りんスイッチ入ったみたいだからしっかり応援しようね」

「はい。ここから、というわけですね」

沙羅と凜も笑顔で……結奈の姿に熱い視線を向けていた。

＊＊＊

戦意を取り戻した結奈の動きは見違えるほどによくなっていた。

チームメンバーに指示を出しつつ、電光石火で結奈はコートを駆け抜ける。

（……っ。一人で戦うなら同じことっ！）

またもや結奈の周りを宮座の数人が取り囲んだ。

道筋を潰されたところで、また同じように小野井にボールを奪われる——かに思えたが。

「「「……っ」」」

途端、宮座の選手は思わず息《いき》を呑《の》む。

ふっと笑みを零したその刹那、結奈が味方チームに鋭いパスを出したためだ。

（ワンマンプレイじゃなくなった……？）

（今までのは……じゃあ一体なんだったの？）

（ヤバい。慌てるな慌てるな……）

宮座のチームはそれぞれ驚きを隠せないでいた。

パスを受け取ったメンバーは駆け込んでからシュートを決めにいく。

振り返りざまに小野井は結奈と視線を合わせる。

（……殻を破ったか。やっと戻ってきたみたいだね。高森）

（うん。お待たせ……）

そんなアイコンタクトでやり取りを交わす。

得点して結奈のもとに戻ってきたメンバー達は嬉《うれ》しそうに結奈のことを見つめていた。

先ほどまでみせた失態は気にしていない様子。

結奈は大きく息をつくと、不敵に笑ってみせた。

（……みんなを私が導く。点差が酷《ひど》いけど……勝ってみせる）

このチームのために。私を信じてくれた仲間のために。私を応援してくれる人達のために。

流れ出す汗も今は冷たくない。どこまでも熱い。

この熱ささえあれば私はどこまでも飛べる。駆け抜けられる。

スコアの差は大きく逆転は残り時間から考えても難しいだろう。

けれど、逆転を信じて頑張ろうと結奈は思った。

過去にとらわれない。

（今の私で小野井達と向き合う――）

結奈はチームを導くプレイを魅せ始めた。

佳境を迎える練習試合。

両チームの監督達とそれから観客席で応援する観客達。

体育館内の選手達以外は皆が皆コートから目が離せないでいた。

小野井を中心にディフェンスに徹する宮座チーム。

結奈を中心に攻めに徹する攻撃型の栄華チーム。

まさしく苛烈。

両チームの攻防は非常にアクティブで、誰もが必死に勝ちを取ろうと動いている。

体育館は選手達の熱でいっぱいに満ちていた。

見ている側にも緊張感が漂ってくる試合だ。

観客席からひそかに応援する晴也は胸の興奮を抑えられないでいる。

(……すごい。俺はこれが見たかったんだ。こんなに胸が躍る、自分も頑張ろう、と鼓舞されるそんなプレイ。……ずっと見ていたい)

ドク、ドクと高鳴る心臓。手に汗握り身体に熱がこもる。

部活をしていた頃の熱い気持ちが晴也の中でくすぶった。

それも両チームの全員、特に結奈と小野井が楽しそうにバスケをしているからだろう。

小野井は結奈と向き合って内心で呟いた。

(……高森っ。そうだよ……みんなを引き連れてどこまでも楽しそうにプレイする高森こそ私が痺れたあんただ。そんなあんたに私は勝ちたい。わたしの憧れたライバルのあんたに――）

最高に楽しそうにプレイする結奈に小野井は必死に食らいつく。
汗を散らし呼吸を乱しながら結奈と小野井はバスケに励んでいた。
常に全力。
刻々と試合終了時間が迫る中、宮座が守り栄華が攻める、そんな流れが続いている。
結果として……少しずつ宮座との点差を栄華は縮めていった。

（ねえ……私の熱届けられたかな）
ふと結奈がシュートモーションに入りながら内心で呟く。
すると、小野井が必死に跳躍した。
その後、大きく手を伸ばし結奈のシュートを防ごうとしてくる。
結奈は口角を上げてまるでそれを読んでいたかのように一歩下がる。
すると、三ポイントシュートの圏内に結奈の足が入った。
「……………っ」
はっと息を呑む音がする。
試合終了まで残り数秒。

残念ながら……ここで結奈が三ポイントシュートを決めても逆転することはできない。

けれど、両チームの全員が目を見開いて結奈から目が離せないでいた。

結奈の体感では時間の流れがゆったりと感じられている。

ここで得点してもきっとチームの負けは覆らない。

……それでも。

(皆に私の熱を届けられたかな……)

小野井に。栄華のメンバーに。監督に。相手チームのメンバーに。沙羅に。凜に。……それから Haru さんに。

ふとその時、観客席から Haru のリストバンドが目に留まった。

青いリストバンド。

私を一人じゃないって励ましてくれるお守りだ。

結奈はふっと静かに口角を上げる。

それから、シュートをゴールに向かって投げ込んだ。

綺麗な放物線を描くようにボールがネットを通過する。

と、ちょうどそのタイミングでブザーが鳴った。

試合終了の合図である。

最終スコアは五点差と僅差まで追い詰めたものの、栄華は宮座に勝利を収めることはで

きなかった。

だが。

観客席からそんな結奈のプレイを見ていた晴也は目から涙が零れそうになっていた。

思わず結奈のプレイに感動してしまったのだ。

恐らく体力的にも結奈はかなり追い込まれているだろう。

長いこと彼女は試合に臨んでいなかったはずだ。

だというのに、結奈はしんどさを感じさせることなく楽しそうにプレイしきったのだ。

そして、綺麗に弧を描いた最後の三ポイントシュート。

まるで入ることを確信しきった様子で投げ入れたそのシュートは晴也の目に強烈な印象を残した。

それは何も晴也だけではない。

観客席から温かい目で見守る沙羅と凜もまた結奈のプレイに魅せられた者達だった。

「……結奈りん、めっちゃカッコいい。ねえ、何あの綺麗なシュート！」

「お相手ももちろん、凄《すご》かったですけど……結奈さん凄《すさ》まじいです」

「ね！　あそこまで上手いなんて私思わなかったなあ。バスケ名人じゃん。バスケ名人！」

と、興奮を隠し切れぬ様子で盛り上がる沙羅と凜。

結奈はそんな観客席の様子を目に留めることはなく悔しそうに下唇を噛んだ。

そして、チームメンバーに向きあって頭を勢いよく下げる。

「すいませんでした。……あの時放心してしまいまして」

言うまでもないが、結奈が臆病になってしまっていた時の話だ。

誠意を込めて謝るも、部員達は汗を拭いながら答えた。

「ま～高森さん。声かけても心ここにあらずって感じだったからね。でも途中から凄かったよ？」

「そうそう。私、ここまでバスケできたっけ？　って錯覚しちゃうくらいバスケできたもん」

「こんなに熱く試合できたのは高森がいてくれたおかげだからさ」

「うん。それにここまで宮座と接戦ができたんだし、ね。元気だして」

誰もが優しい声音で結奈を責めるものは一人もいなかった。

全員が全員、本気で最後はバスケを楽しめたからだろう。

控えの席で監督がわざとらしく咳払《せきばら》いをする。

その合図で部員達は宮座との挨拶をし忘れていたことに気づいたようだ。

「あっやばい。皆集合して挨拶」

キャプテンに続いて結奈達は整列した。

それぞれの選手が向き合って握手する。

結奈に向き合ったのは小野井だった。

「…………」

「…………」

他のメンバー達は互いに声をかけあっているが、結奈と小野井は無言のままだ。

視線だけは合わせて先に小野井が口を開く。

「……最高だった」

「…………悔しい。けど……私も最高だったよ」

ボソリと小声で呟いたが小野井にはきちんと伝わったのだろう。

両チームの健闘を称えて拍手が送られる。

観客席では凜は素直に大きく、沙羅はどこか控えめに手を叩《たた》いていた。

晴也はといえば凜と同じように精一杯の拍手を選手達に届けている。

そのエールを受け取って、本当の意味で試合は幕を閉じた。

試合を終えるとまず監督から試合の総評をいただくのが練習試合でのお約束だ。

キャプテンの「集合!」との掛け声に合わせて監督のところへ向かおうとすると……。

両チームの監督同士がコートから少し離れた場所で何やら話し込んでいるのが目に留ま

った。

「……長引きそうだし少しのあいだ、仲良く話しませんか？」

宮座高校のキャプテンが言った。

「いいですね。監督帰ってくるまで……長引きそうですし」

向こうの提案に栄華のキャプテンが頷《うなず》く。

するとと両チームの選手は疲労した顔に華を咲かせて交流を図りだした。

「あのさ、昔のことで……一言いわせて。ごめん」

そのタイミングで小野井が結奈に言う。

「……私もごめん。それからありがとう」

「…………え？」

首を傾げる小野井に照れくさそうに結奈は続ける。

「小野井のプレイで私、目が覚めたから」

「……………うん」

「うん」

「…………………」

「……………………」

互いにまたそわそわとしてしまう。

でも、また目が合うと、どちらからと言うことなく互いにぷっと吹き出した。

「もう昔のことは洗い流してさ。これからの話しない？」

「……そうね、賛成」

肩の力を抜いて結奈は頷く。

「突然だけどさ……高森、これから1on1しない？」

「え、こんなに動いたのにまだするつもりなの？　まあ全然いいけど」

「うん。それにさ。Haru さんって凄いよね。高森のために監督にまで根回ししてたくらいなんだし」

「え………」

「あれ聞いてないの？　隠してるってますます Haru さんカッコいいじゃん」

「小野井？……詳しく聞きたいんだけどちょっとそれってどういうこと？」

「へへっ、1on1で私に勝てたら教えてもいいよ」

「そう……じゃ1on1。許可取れたらさ……軽くやる？」

「うん。あの頃みたいに賭け事しない？」

「あー奢《おご》りが条件で私には割にあっていなかった……あの？」

中学の頃。

結奈と小野井はかつて1on1を何度も何度も飽きずにしていた時期があった。

といってもその大半、小野井が「勝負！」といった感じで突っかかってきたのを結奈が相手してあげた、という流れだが。

その1 on 1では毎回賭け事をしていた。

負けたほうがご飯を奢るというとてもシンプルなものだ。

……もっとも小野井は大食い、結奈は小食気味なので全く割にあっていない賭け事になってしまっているが、負ける気がしない結奈はその条件を呑んでいた。

結果として小野井に負けたことは一度もない。

小野井は頷いてから答えた。

それから二人は1 on 1の許可をキャプテンに貰いに行ったのだが、結奈も小野井もそれぞれキャプテンから、

「「元気だな～」」

と、呆《あき》れられたのだった。


各部員達がそれぞれ交流を図る中、両学校の監督は二人の選手について話し込んでいた。

「いや～栄華には良い選手が入りましたね～あのポニテの子。うちに欲しいくらいですよ」

「実はつい先日入部したばかりなんです、高森は。最初は連携取れなくて冷や冷やさせられましたけど、今日の試合で何かを摑《つか》んだみたいですね。本当に良かったです」

「そうですよね。新入生で言えばうちの小野井も優秀なんですが、同じように今日なにかを摑んだみたいでして……いつもより数段良いプレイをしてました」

「良いプレイで言えば全員です。皆輝いて楽しそうにバスケをしてました」

「ですね。また是非よろしくお願いします」

「はい、こちらこそ」

互いに挨拶をしてから両監督はコートを見やった。

すると……そこには結奈と小野井が1 on 1に励む姿が目に入る。

「……あの二人、良いライバルになりそうですね」

「ええ、すごく」

微笑《ほほえ》ましく監督達は見つめながらそれぞれコートに戻った。


さて、一方その頃。

観客席では先ほどまで結奈の賞賛をしていた沙羅と凜であったが、今は凜が沙羅に詰め寄っていた。

「沙羅ちん、私は誤魔化されないよ。さっきのは知り合い？　凄い慌てようだったけど」

「……え、えっと」

そう言いながら沙羅は視線を泳がした。

そしてチラチラと晴也の姿を確認する。

晴也はコートを挟んだ向かい側の席にいたが、そそくさとその場を後にしようとしていた。

凜が沙羅に問いただしたいように沙羅だって晴也に聞きたいことはあるのだ。

沙羅の頭の中でよぎるのは、万が一、万が一の話である。

（……赤崎さんが結奈さんの試合を見にきたのだとしたら）

考えるだけで嫉妬心が膨れ上がってくる。

思わず沙羅が晴也のほうを見つめながら頰《ほお》を膨らませてしまうと……凜はニヤリと瞳を細める。

（……あの前髪長い子。やっぱり何かありそう！）

決して確信はない。あくまでただの勘にすぎない。

でも凜の中で晴也は興味の対象になってしまっていた。

「……ごめんね、沙羅ちん。やっぱり何でもない」

「え、そ、そうですか？　な、なら良いんですけど」

随分と聞き分けのいい凜に違和感を抱きながらも沙羅はコート内の結奈を見つめる。

その視線を追うように凜もまた結奈を見やる。

結奈は試合が終わった後も向こうの選手と１on１でプレイを始めていた。

くたくたで疲れているはずなのに、本当にバスケが好きなんだ、と微笑ましくなる凛。

それと同時に少しだけ寂しい気持ちになっていた。

(沙羅ちんは恋に全力。結奈りんはバスケに全力。……私はあ〜何にもない)

一応バイトこそしているものの、二人のように熱中して、全力で臨んでいるわけじゃない。ちなみに臨むつもりもない。

(まあいっか。長い前髪の子だけちょっと興味が湧いてきたし！)

凛は静かに瞳を閉じてそう言い聞かせることにした。


結奈と小野井の1on1。

試合後のファンサービスかなにかのように晴也の目には映ったが、いつまでもこの場にいるわけにはいかない。……というのも沙羅に晴也は見つかってしまっているからだ。

早く撤退しなければ面倒なことになりかねない。

そんな気がして晴也はこの場にいる誰よりも早く気配を殺しながら体育館を後にする。

(それにしても今日の試合は凄かった。また俺も部活をしてみたいって思える試合だったな。胸躍る最高のプレイをありがとう)

そんな試合の感想を抱きつつ自転車を走らせる。

まだ梅雨の時期なのに外は陽射《ひざ》しが強くじりじりと身体に熱を与えてくる。

練習試合でそれ以上の熱を貰ったからか、外の熱はどこか心地良く感じられた。

ただ自転車で来たのはまずったな、と晴也は思う。

せっかくなら自分の足で走りたかった。

あの頃の、部活をしてた頃の熱を思い出させてくれたプレイ。

それに当てられた晴也は走りたい気持ちが最高潮に達してしまっている。

寝坊してしまった自分が悪いのだが、家に帰ったらまたランニングしよう、そんな気持ちを自転車にぶつける。

ペダルを漕《こ》ぐ足に自然と力が入った。

＊＊＊

太陽の陽射しがますます強くなった、お昼時の十二時三十分。

あれから帰宅した後、晴也は一人ランニングに励んでいた。

練習試合で魅せられ走りたくなった衝動を抑えきれなかったのだ。

じりじりと照り付ける太陽を浴びながらどこか気持ちのいい汗を流す。

ランニングを終えるとそのまま家に帰宅。

その後シャワーで汗を流し浴室から出ると、一件の連絡が入っていることに晴也は気づいた。

Nayu：あのさ。もう昼ご飯食べちゃった？　食べてないなら一緒に食べない？

どうやらお昼のお誘いらしい。

タイミングが良いことに、晴也はまだ昼食を摂《と》っていなかった。

それに晴也は晴也で今日の試合や少女漫画のことで結奈に話したいことがたくさんある。

またオフ会の機会に、と考えていたがこの際だ。

特にこのあと予定もないので都合がいいだろう。

晴也はテンションを上げて返信する。

Haru：いやまだ食べてないよ。そういうことなら一緒に食べよう。
Nayu：そっか、なら良かった。待ち合わせ場所と集合時間はまた追って連絡する。

晴也が返信するとすぐに既読がついて結奈から返信が届いた。

晴也は適当なスタンプを送り、結奈からの指示を待つことにする。

かくして結奈との食事会が決まった。

＊＊＊

指定された待ち合わせ場所は晴也にとって慣れ親しんだ場所だった。
結奈とのオフ会時にもこの待ち合わせ場所はよくお世話になっていた。
時刻は十三時過ぎ。
週末、それも天候が良いこともあってかこのファミレスは客が多い。
けれど、そんな人数が多い場所でも晴也はすぐに結奈の姿を確認することができた。
バスケの試合の話もそうだが彼女はもう過去の呪縛から解放されたのだろう。
憑《つ》き物《もの》が落ちたみたいに穏やかな表情だ。
けれど、彼女はサングラスを着用していた。
なぜだろうか……もう顔バレは済んでいるはずなのに。
気にはなったが突っ込まずに晴也は手を上げた。
「お待たせ、Nayu さん」
「ん、やっほ…… Haru さん」
互いに挨拶を交わしてから対面の席に晴也は腰をかけた。
……さて、長かった。

試合の感想も伝えたいし久しぶりに少女漫画談義も熱く語りたくて仕方がない。

まずは、気になった少女漫画を――。

それから今日の試合について――。

と、話し合いたいことを頭の中で整理していると彼女のほうから話を切り出した。

「あのさ…… Haru さん。小野井から色々聞いたんだけどさ……改めてありがとね」

髪を指でくるくると巻きながら小さな声で結奈は呟く。

「え、お、小野井さん⁉」

思いもよらない話題に虚をつかれ晴也は素っ頓狂な声を上げた。

「……実はね小野井とあれから話したんだ。色々と Haru さんのことをね。私の知らないところで私のために動いてくれてたってこととか……」

試合が終わってからのこと。

その後の1on1で結奈は小野井に勝利し……彼女は晴也の隠れた功績を把握した。

結奈は想《おも》い返《かえ》す。

あの日、先生がバスケ部に歓迎してくれた日のことを。

妙に先生の理解が早く手際が良かったのは、誰かが糸を引いているからに違いなかった。

考えすらしなかった可能性。いや一度思考を放棄してしまった可能性。

先生があの日、結奈をバスケ部に招待し試合で使う確約をしてくれたことは何も特別驚くことじゃなかった。

なぜなら、それは必然でしかなかったのだから……。

「え、えっと Nayu さん。これって一体何の話？」

「……ううん、何でもない」

素知らぬ振りをしている晴也が可笑《おか》しくて結奈は笑みを零してしまう。

理解が追いつかない。

少女漫画談義は？　あれ、試合の話は？

「私ね……決めたんだ」

と、そこでサングラスをカッコよく外す結奈。

「い、一体なにを？」

「私、Haru さんのこともっと知っていくつもりだから」

「…………」

（Ｗｈａｔ，ｓ？　どういうこと？）

戸惑う晴也に対して結奈は続ける。

「私の名前は高森結奈で高校は栄華高校。ほら、私だけ Haru さんに個人情報握られてるのってずるいでしょ……？」

「いやいや今、完全に自分から名乗ったよな⁉」

突っ込むと結奈はニヤリと口角を上げてから続けた。

「まあ今日はね。その宣言を Haru さんにしときたくて呼んだんだ。だから、ありがと来てくれて」

彼女の凛とした瞳は「逃がさない」と静かな熱を帯びているように晴也の眼からみて映る。

（え……今日の呼び出しって試合のこととかじゃないのか？　少女漫画談義は？）

結奈の身に着けた香水の匂いがツンと鼻腔《びこう》を刺激した。

「だから……その、覚悟しててね。Haru さん」

晴也の正体を暴きにかかる。

そんな宣戦布告をされた晴也は内心で「どうしてこうなったあああああ」と叫ぶほかなかった。

エピローグ

わたしのことを見てくれる人はいないんだって絶望した時、わたしは自分の道が信じられなくなった。

これまでついてきてくれた仲間達に裏切られる。

最初から一人だったなら傷つかなくて済んだだろう。

中途半端に一緒の時間を仲間と共有したからこそ裏切られ離れられた時、痛みが伴うのだ。だから私はわたしを捨てて自分のエゴを殺すことにした。

わたしの生き方では誰かを傷つけるだけだから……。


本当は誰かにわたしを見つけてほしかった。

本当はありのままでいいって誰かに言ってほしかった。

本当は自分のエゴを貫き通したかった。

でもそんな願望を抱くたびに、仲間を傷つけ冷たい目で見られたあの日の記憶が蘇《よみがえ》る。
……普通にならなければならない。普通に。

そんななか、彼がわたしを見つけてくれた。
彼はわたしと同じで何か闇を抱えている。きっとだからだろう。
少女漫画、フィクションの世界に恋い焦がれているのは。
私と彼は似た者同士だと、出会った時から本能が訴えていた。
だからお互いに適切な距離感で仲良くやってこれたのだと思う。
でもね、ごめん。
今日でそれも終わりにしたいんだ。

だって、彼はきちんとわたしに向き合ってくれていた。
今でも彼はわたしに真摯に向き合ってくれている。

――だれかわたしを見つけてよ。

中学の頃のわたしが叫ぶ。

すると Haru さんがわたしの声に答えてくれた。

わたしはまだ好きって気持ちが分かっていない。

けれど、彼に興味を持ち始めていることは確かだった。


――決めた。いつかわたしであなたを染め上げるから。


彼をもっと知って。

わたしを好きにさせる。

そうすればわたしも好きって気持ちを知れるかもしれない。

あんな素敵な少女漫画みたいな恋をわたしだって知ってみたい。

知りたいのだ。好きって気持ちを。

そうすれば、沙羅《さら》のような眩《まぶ》しい笑顔だってできるし、これまで以上に楽しく友達と恋バナをできるかもしれない。

それに Haru さんは私と同じ高校に違いないのだから。

先生への根回し。

小野井《おのい》から教えてもらったことだが、それは栄華高校《えいがこうこう》の生徒でなければできないことだ。先生も根回しした生徒については誤魔化《ごまか》してたし間違いないはず。

でも同じ高校だなんてまるで〝運命〟を感じちゃうのも仕方ないよね……。

だから覚悟しててね……　Haru　さん。いや栄華高校の○○さん。

高森結奈《たかもりゆな》は二つのリストバンドを眺めては決意を固めていた。

エピローグ2

二人の高校生が体育倉庫の物陰を訪れていた。

この場所は立ち入り禁止の屋上と同じく人目につかない、日中ほとんどの人が立ち寄ることはないだろう場所だ。

（へえ……こんな場所があったなんてな、今後はこの場所も利用させてもらおうか）

最近は沙羅《さら》と一緒に昼を過ごすことが多くなってしまっているが、一人でいられる安息の地を知っておいて損はないだろう。

学園でオアシスのような場所は今のところ屋上以外に知らなかったため、実に勉強になった晴也《はるや》。

だが、それはそれとして……今すぐにこの場を離れたい気持ちに晴也は駆られていた。

というのも、それは眼前にいる彼女が原因だった。

「あっ、来てくれたんだ……」

凛《りん》とした顔つきと瞳が特徴的で一見クールな印象を抱かせるクラスのS級美女——高森《たかもり》

結奈《ゆな》が先に口を開いた。

来てくれたも何も晴也は結奈にこうしてこの場所へと呼び出されたのだ。

呼び出し方は実に古典的なもの。

クラスで日陰者な自分に気を遣ってくれたのだろうが、彼女は晴也の靴箱に紙を差し入れたわけで……。

その内容はこうだ。

『……お昼食べ終わってからでいいからさ、昼休みに伝えたいことがあるんだ……だから待ってるね』

さすがにメッセージを確認した際は眠気が一気に吹き飛んでしまいそうになった。

こんなの告白以外に考えられなかったからだ。

文字も綺麗《きれい》でいかにも女子が書きそうな字をしていた。

（まさか……告白？　いやあり得るはずが……）

晴也は頭を抱える。

当然だった。

学校で目立ちたくない晴也からすれば告白イベントなんて面倒極まりない事態だから。

（ま、まぁ……靴箱の入れ間違いとかだろうな）

あるいはタチの悪い悪戯《いたずら》か嘘《うそ》告白か。

色々な可能性を考えたが、一番しっくりきて可能性が高そうだったのは靴箱の入れ間違いだった。

悪戯や嘘告白の可能性も排除しきれないが可能性は低いだろう。

そんな意地の悪い性格をしている生徒はこの高校にはいそうにないからだ。

それに自慢じゃないが、クラスでほとんどの生徒から存在を認識されていないわけで。

だからこそ……靴箱の入れ間違いだろう、と晴也は推測を立てたのだ。

面倒極まりないのには変わらなかったが、このまま晴也が出向かわなければ、ずっと待ちぼうけに遭うこのメッセージの差出人は可哀《かわい》そうだろう。

とのことで晴也は昼休み。

沙羅と食事を終えてからの足でこの体育倉庫の物陰を訪れたわけだが……。

「え、えっと……」

腰まで届いている黒髪。

凛とした佇《たたず》まい。

この場所にいる人物は同志であるNayuであり、かつ、Ｓ級美女の高森結奈だった。

彼女が晴也を呼び出したのだろうか。

あたりを見回すものの、晴也達以外に人影を感じないため恐らくそうなのだろう。

（うん、早く帰りたい……）

先日、晴也は結奈からオフ会の呼び出しを受け、そこで晴也の正体をこれから知っていく、探っていくとの言質を彼女から貰《もら》っている。

だからこそ、晴也はこの場を離れたくなったわけだ。

が、時はすでに遅かったようで。

「あっ、来てくれたんだ」

待っている間に音楽でも聴いていたのだろう。

イヤホンを取り外しながら彼女が口を開いた。

「……ま、まあ」

先日のことがあるからか視線を合わせることがなかなかできない。

心なしか声もいつもより低くして誤魔化《ごまか》していた。

「ていうか、赤崎《あかさき》君。ちょっとだけ来るの遅かったね」

「ご、ごめん」

「でも来てくれたから全然いいよ……」

この言いぐさだとどうやら靴箱の入れ間違いとかでもなさそうだ。

結奈は晴也に要件があって晴也の靴箱にメッセージを投函《とうかん》したのが確定する。

(いや、でもなんで……)

困惑を隠せないでいると悪戯交じりの声で彼女は呟《つぶや》いた。

「もしかして緊張してる？　告白とかでも思った？」

思わず肩がビクッと震える。

声には出さないが、それが返事の合図だと思われたのだろう。

「……えっ、まさか本当に告白だと思ったわけ？」

面食らったような、そして呆《あき》れたような視線を向けられる。

確かに告白のはずがない。

Nayu としてではなく結奈として、晴也が交流したのは遅刻し学校の外周を一周走らされた時だけであるからだ。

それ以外にはほとんど彼女と話したことも接したこともない。

そんな希薄な間柄で告白なんて本来あり得るはずがないのだ。

「そんなわけないじゃん……。でも、確かにこの状況を見ればふふっ、確かにそう受け取られてもおかしくないのかな……」

結奈は可笑《おか》しそうにクスクスと笑ってから続けた。

「ごめんね。ちょっと……多分照れちゃってるんだと思う。こんなこと伝えるのって私あまりないから」

一体全体、本当になにを伝えようというのだろうか。

（え、なに……この雰囲気。申し訳ないが告白の雰囲気にしか思えないぞ）

そう晴也が直感してしまうのも無理ないだろう。

結奈は頰《ほお》を少し赤らめ目線もチラチラと泳がせている。

そして、そよ風が吹いているこの状況。

たくさんの少女漫画やラブコメを見てきた晴也だからこそ思ってしまう。

これはお決まりの告白イベントである、と。

内心で冷や汗を搔《か》きながら固唾を飲みながら晴也は沈黙を破った。

甘酸っぱい雰囲気に耐えかねたのだ。

「高森さんでも照れたりとかあるんだな」

「そりゃあまあ……私だって照れることくらいあるって」

意外だ。

いや、Nayu とのこれまでのオフ会を振り返ってみればそんなことはないかもしれない。

ダボっと制服を着こなしクールな印象を抱かせるのが『高森結奈』という女子生徒だが、その内心は熱い闘志をたぎらせているのを晴也は知っていた。

でなければ、ゲームセンターであんなに全力を出したり、バスケに情熱を注ぐことなんてできないだろう。

度々、彼女はそんな一面を突っ込むと『……そこ掘り返すとこじゃないでしょ?』と抗議の視線を向けてくる。

そして仕舞《しま》いには『せ、性格が悪い』とぶー垂れるのだ。

晴也はそんな彼女の可愛《かわい》らしい一面を知っているが、それはあくまでもHaruとして交流している場合の話なわけで。

学校でこうして接触を図っている以上、晴也はあくまで皆が思い描く高森結奈の印象で彼女を語っていた。

結奈はその辺の石ころを控えめに蹴飛ばしながら口を開く。

「実はね……赤崎君には伝えたいことが二点あるんだ」

どうやら要件は一つに限らないらしい。

こうなると益々《ますます》不気味で怖くなってくる。

心当たりがまるでない。

内心でびくつきながら晴也は先を促した。

すると……結奈は一度わざとらしく咳払《せきばら》いをしてから続ける。

「一つ目なんだけどね、ありがとうって伝えたくて。全部が全部……赤崎君のおかげでってわけじゃないんだけど、前にさ……バスケ好きなんじゃないかって投げかけてくれたでしょ？　あの言葉に私が救われたのは事実だから」

「いやバスケに向き合えたなら良かったよ……それと」

そういうことなら、こちらも礼を言うのが筋だろう。

晴也もここでは目線を結奈に合わせて口を開いた。

「こちらこそありがとう。高森さんがその時、走るの好きって言ってくれたおかげで今の俺があると思うから」

「……っ」

結奈は一瞬だけ目を見開いて固まった。

ほんの一瞬、ほんの一瞬だが赤崎晴也がHaruとして結奈の眼《め》には映ったのだ。

が、その可能性を頭の片隅に追いやると……すぐさま結奈は笑みを零《こぼ》す。

「ふふっ、案外私達って似た者同士なのかもね。赤崎くん」

「えっ？」

「だってそうじゃない？　互いが互いにあの時に助け合ってたなんてさ。それも両方とも運動のことで」

晴也なら陸上。

結奈ならバスケ。

なるほど、似た者同士というのは言い得て妙だ。

「ちなみに二つ目っていうのは？」

「その……実は私ある男子生徒を探してて心当たりがないかなと思って」

「ある男子生徒？」

変な言い回しに晴也は聞き返す。

結奈はどこか言いづらそうに言葉を探していた。

「その……学年とかクラスとかは分からないんだけど、この高校ってのはだけは確かだから。それで特徴は――――」

と、結奈は律儀にも捜している男子生徒について語ってくれた。

少しチャラい雰囲気で今の前髪を下ろしている晴也とは正反対の容姿とのことだ。

この時点でもう察しはついてしまっていた。

この場から逃げ出したくてたまらなくなっていた。

「……でも、なんでだろう。赤崎君とは正反対な感じなのにどこか彼と同じ雰囲気がしたんだ。さっき」

「……っ」

まずい。

あまりにまずすぎる。

晴也はより猫背にそして視線を彼女から外して見せた。

「まあ、そんなわけないとは思うんだけどさ。そんな彼のこと心当たりってないかな？」

「……ごめんけどそんな生徒は知らないかな」

「そ、そっか」

「そ、それよりも友達とかにそういうことは聞けばいいのでは？」

「あー沙羅とか凜にってことか。うーん、でもあまり沙羅達には話したくないんだよね」

それは晴也としても教室で胃が痛い想《おも》いをしないで済むので助かるが、理由は知っておきたい。

だから一応聞いてみることに。

「なんていうんだろ。隠し事ってわけでもないんだけど彼のことは先に私が摑《つか》んでおきたいっていうか……。私がまず最初に見つけたいんだ。凜や沙羅には彼の正体を暴いて……それから……」

と、小さな声でぶつぶつと結奈は呟いた。

もじもじ、もじもじ。

晴也にその声は届いていないが、正体がバレて碌《ろく》なことにならないのは間違いないだろう。

「ま、まあ彼ってあの見た目で結構明るいところもあるから友達とか多そうで、案外すぐに見つかるんじゃないかとは思ってるんだけどね」

「俺って交友関係全然ないほうで力にはなれなくて申し訳ない」

「あーいや、全然。それに赤崎君だからこんな恥ずかしいこと……聞いたんだ」

「え？」

「だって他の子に聞いたらすぐ噂《うわさ》になっちゃいそうだし。それに男子を呼び出してってなると告白とか勘違いとかもされちゃいそうだから」

「それを言うなら俺も告白かと一瞬疑ったけど」

「……う、ま、まあでも勘違いしたままじゃないでしょ？　赤崎君は。それに言いふらしたりとかしなそうだし」

「まあ言いふらす相手がいないからな」

「……ごめんけどそういうこと」

良い性格をしているようだ。

なるほど、それが呼び出した全貌というわけらしい。

一人納得するとその場を後にしようとしたのだが……。

「……待って」

歩みを止めて晴也は振り返る。

「ごめん。その性格悪いこと言ったよね。友達いないみたいな決めつける言い方しちゃって」

「いや事実だから気にしてないって」

どうやら勘違いをされたようだ。

まあ確かに話の流れ的にすぐにこの場を離れようとしたら、その前後の会話で気に障ったのか不安になっても仕方がないか。

結奈は申し訳なさそうにスマホの画面を開いた。

「お詫《わ》びにっていうのも変な話だけどさ……友達にならない？　私達」

「えっ？」

思わず素っ頓狂な声を上げてしまう。

無理もない。

急な提案に困惑しないほうがおかしいというものだ。

「だって、機嫌悪くさせただろうし……赤崎君に助けられて感謝してるのも本当のことだから……ダメかな」

「………っ」

晴也は息を呑《の》んで喉を詰まらせる。

本来なら断るべきなのだろう。

正体を隠すためには距離を置くべきなのには違いない。

だが、こんな言い方をされては断れそうもないのが現実というものだ。

「赤崎君がもし彼の情報手に入れたらでいいからさ。その時は私に情報を流してほしいし」

「……ま、まあそういうことなら」

「うん。じゃあさ……早速で悪いんだけど、スマホ出せる？」

ここからは連絡先の交換、という流れだろう。

「ごめん。スマホは教室に置いてあるから……」

「あっ、そういうことならこれ」

と、結奈はポケットから連絡先の入った紙を差し出してきた。

「一応何枚か常備してるんだ。家に帰った時にでも追加してくれたらいいから」

「……わ、分かった」

苦笑いを浮かべながら頷《うなず》くと、ちょうどそのタイミングで――――。

キーンコーンカーンコーン、キーンコーンカーコーン
昼休み終了を告げるチャイムが鳴り響いた。

「え、まずっ」

「ちょっと長居しすぎちゃったね。ごめん迷惑をかけて。急いで教室戻ろ？」

「あ、うん」

そういうわけで晴也と結奈は肩を並べながら全力で駆けた。

その際どこか楽しげな様子で結奈は声をかけてくる。

「ねえ、またもし遅刻しちゃったらさ。外周走らされるかもね」

「………それは勘弁してほしいな」

「……もしそうなったらさ、次は走り込み負けないからね」

「……っ」

その発言に晴也は思わず笑みを零してしまう。

本当に結奈は心のなかは闘志をメラメラと滾《たぎ》らせているようだ。

相当な負けず嫌いらしい。

こんな場面でもそんな一面を見せるものだから晴也は思わず素を出してしまった。

「……っ」

そこで結奈は一瞬だけ違和感を感じ取る。

が、今は急いでいるため大して気には留めずに晴也と一緒に教室まで駆け込んだ。

その結果、二人とも遅刻はせずにすんだわけであるが……。

後ろの席の風宮《かざみや》からそのことで色々と問い詰められたり、沙羅からも時折抗議の視線を飛ばされて晴也は居心地の悪い時間を過ごす羽目にあった。

そして、何よりも心臓に悪かったのは彼女から送られたメッセージにあった。

授業の休憩時間にブーとスマホが振動する。

通知を確認すると…… Nayu から連絡が届いていた。

Nayu：さっきね。友達ができたんだ。Haru さん今度はいつオフ会できる？

思わず晴也は結奈のほうに視線を飛ばすが、彼女は平然と友達との会話に勤《いそ》しんでいるようだった。

「ねえ、結奈りん。さっきメッセージ送ってたみたいだけど一体誰に送ったの？」

「結奈さん。あの私も気になります……！」

そんな二人からの問いかけに対して結奈は照れくさそうに笑って答えた。

「……また話すから。今は内緒にさせて」

「その言い方、もう絶対に異性関係じゃん」

「ですね」

「ふふっ、そうかも」

「あっ、今認めた。ほら吐くなら今だよ？　結奈りん。吐かないというなら」

凛が結奈の脇をくすぐりだす。

「あはは、もうやめてってば……凛」

「ほら、沙羅ちんも。乗るしかないってこのビッグウェーブに！」

「わ、分かりました。覚悟してくださいね」

と、沙羅も加わって結奈に対してくすぐる攻撃をしだした。

そんなＳ級美女達のじゃれ合いを見ていた一部の男子生徒達は「尊い」と昇天しかけている。

一方で晴也は風宮からの会話を適当にあしらいながらも結奈の様子を見つめるのだった。

＊＊＊

夢を見ていた。

一人の男子高校生が一人の女子校生を壁際にまで追いやっている。

その男子生徒は前髪が長いクラスで少し浮いている男子生徒。

対する女子生徒は黒髪を靡《なび》かせるクールな女子生徒。

一見、容姿だけで見るならば相反する二人だが男子生徒は逞《たくま》しい様子で迫っていた。

「……全く俺を見つけるまでこんなに時間をかけやがって」

「ご、ごめんって。だってまさか赤崎君が Haru さんだなんて思わなくて」

「ずっと正体を暴いてほしくてじれったかったんだぞ。それまでずっと Nayu さんのことばかり考えてて」

「私のことずっと考えてたの？」

「もう顔覗き込んでくるなって……マジで照れる」

「ふふっ、Haru さん可愛いとこあるね」

「今は俺が攻めてるんだから揶揄《からか》うなよ。Nayu さん」

「……Nayu　ってのやめてくれないかな？」

「え？」

「だってせっかくお互いの正体が分かったんだから。……これからはちゃんと名前で呼んでほしい」

「そうだな。高森」

「苗字《みようじ》は他人行儀な感じがするじゃん。だからできれば下の名前で」

「ならまずはそっちから呼ぶべきじゃないか？」

ニヤリと口角を上げて彼はふうと首筋に息を吹きかけてくる。

「え、な、なにを？」

「それはもちろん、晴也って」

「え、いやでも……」

「なにか問題があるのか？」

「そ、そんな近いって　Haru　さん……」

「これくらいどうってことはないだろ」

そう言って彼は髪をかき上げて見つめてくる。

（こうしてみると……　Haru　さんまつ毛長い。綺麗な目をしてる……）

何を考えているんだろう。

変な気分になってくる。

「ほら晴也って呼んでくれって」

「……Ha、はる——」

「ほら呼べよ、結奈」

彼は結奈に壁ドンして耳元に口を寄せて言って見せた。


「こ、こんなの Haru さんじゃないって……！」


と、その発言と同時に結奈は飛び起きた。

ばさっと布団を跳ねのけるとすぐさま今のが夢だったことに気づく。

（夢か……それにしても変な夢）

時刻を確認するとまだ朝の四時だった。

夢の内容が強烈だったせいか眠気はもうどこかにいってしまっている。

大きく伸びをしてから結奈は頭を抱えた。

（絶対他人には言えない夢を見ちゃったな。Haru さんはあんな肉食系じゃないってのに）

それに加えて、おかしな点は他にもある。

（赤崎君が Haru さんってそんなことあり得るはずもないってのにさ）

確かに彼が Haru さんと重なって見えることは何度かあった。

だが同一人物だとはなかなか思えない。

(きっと疲れてるんだろうな。赤崎君と友達になったからきっと意識が引っ張られてるだけ。はあ。ホントなんて夢を私は見てるんだろう)

少女漫画チックな夢の内容には頭を抱えるほかなかった。

最近そういった類《たぐ》いの少女漫画を読んでいたからそれが夢にも影響していたのだろう。

とにもかくにも、この夢は黒歴史なことには変わりなくて。

絶対に人には話せないことには間違いなかった。

ただ無意識ではあるが心臓の音が少しだけ速くなっていた。

悪くない、と本心では思っていたというのだろうか。

今の夢の内容が。

あんなの恥ずかしいだけで決して自分は夢女子なんかじゃないってのに……。

『結奈』

と、先ほど彼が呼んでくれたことを彼女は振り返る。

ぽっと顔が紅潮したが結奈は首を振って布団に潜り込んだ。

「バからしっ」

熱い。

何も布団にかぶっているからじゃない。

――私は彼を好きなんだろうか。

初めての感覚に結奈は戸惑いを隠せない。

(一体、この気持ちって何だろう……)

きっとHaruの正体を暴いたその先にこの感情の答えはあるはずだ。

そう思うとより一層結奈はHaruの正体を暴く決意を固めたのだった。

あとがき

初めましての方は初めまして、お久しぶりの方はお久しぶりです。

作者の脇岡《わきおか》こなつです。

まずは二巻を手に取ってくださりありがとうございます。

皆さまのおかげで無事、二巻を発売することができました。

一巻から二巻までの発売時間が少しばかり空いてしまいましたので、またこうしてご挨拶できて感無量です。

一巻ではコメディ色強めに沙羅《さら》との出会いにスポットを当てたお話でしたが、二巻では結奈《ゆな》との関係にスポットを当てたお話となりました。

端的に言えば、一巻が沙羅の物語で、二巻は結奈の物語にしたということですね。

個人的に汗を流しながらスポーツを頑張るヒロインがすごく好きなので、読者の皆さんの胸のなかに少しでも熱くなるものが届いているなら嬉《うれ》しく思います。

特にバスケの練習試合は頭を悩ませながら執筆しましたので頑張ってる姿、カッコいい姿を感じてもらえたら万々歳です。

今後の結奈と晴也の関係性がどうなるのか。

そのあたりも凄《すご》く意識して執筆に励んでおりましたので、続きが気になってもらえたなら嬉しい限りです。

正直な話、この二巻は執筆に難航しておりました（苦笑）

Ｗｅｂ版とは無縁な展開の書き下ろしに、書いたことすらない慣れないスポーツ（バスケ）描写、私自身の実力不足による大幅な改稿作業など。

もともと一巻の執筆時から二巻のストーリーは「こんな感じになるかな〜」というぼんやりとした構想はあったのですが、実際に文章にそれを起こしていくことがあまりに大変でした。

なんとか形になり発売できましたことに安堵《あんど》しております……。

バスケ描写を見てもらえれば分かる通り、キャラ設定がＷｅｂの頃から比較すると変貌を遂げておりますので、Ｗｅｂの頃から本作を応援してくだっている読者さんにとっては衝撃的な内容だったかもしれないですね。

ですが、Ｗｅｂの頃から変わらずとにかく自分の「好き」を詰め込んで執筆しておりますので楽しんでいただけたのではないかと思います。

さて今回のストーリーで少しではありますが、主人公晴也《はるや》の過去も明らかになりました。

一巻では全然明かしてませんでしたが、二巻では部活の話を扱いましたので晴也の過去にも少し触れることにしたわけです。

全貌についてはゆっくりと時間をかけて明らかにしていきたいと考えております。

そのため、まだまだ物語は始まったばかりです。

これからも本作を応援していただけますと嬉しく思います。

どうか温かい目で見守ってください。


また今回のお話で結奈派の人が少しでも増えてくれたなら、作者として凄く嬉しいです。

もともとWｅｂの頃から一番人気なヒロインではあったのですが、今回は執筆に難航しました分、余計にそう感じてしまいます。

実のところ、最近はヒロインの可愛《かわい》さについてよく考える生活を送っております。

どんな服装で、どんな仕草で、どんな性格で、などなど。

ずっと頭の片隅ではいつも考えたりしています。

完全に頭がラブコメ脳です（笑）

あっ、自分の好みという話でしたら明るく元気でご飯を一杯食べる子、というのが答えになります。

すみません。誰も聞いてませんね。

さてそんなことはさておき。

次はどのヒロインのお話になるのか……まあ多くを語るのは野暮《やぼ》ですしそこは触れないでおきます（笑）

それではそろそろ謝辞へと移らせていただきます。


まずは本作を応援してくださってる読者様。本当にありがとうございます。

そして長いことお待たせしました。

無事、おかげさまで二巻を出版することができました。

一巻に引き続き美麗なイラストを手掛けてくださった担当イラストレーターの magako 様、今回も素晴らしいイラストを本当にありがとうございました。

イラストが届く度に執筆により力を入れることができました。

担当編集者様、執筆に難航しておりました時期に的確なアドバイスをしていただきありがとうございました。これからもよろしくお願いします。

関係各所の皆様にこの場をお借りして御礼申し上げます。


それではまた三巻でお会いできますことを祈らせていただきます。

ゆな
ありがとうございました!!

なぜかS級《エスきゅう》美《び》女達《じょたち》の話題《わだい》に俺《おれ》があがる件《けん》2

著　脇岡《わきおか》こなつ

角川スニーカー文庫　23922

2024年1月1日　初版発行

発行者　山下直久

発　行　株式会社KADOKAWA
〒102-8177 東京都千代田区富士見2-13-3
電話　0570-002-301（ナビダイヤル）

印刷所　株式会社暁印刷

製本所　本間製本株式会社

◇◇◇

●お問い合わせ
https://www.kadokawa.co.jp/（「お問い合わせ」へお進みください）
※内容によっては、お答えできない場合があります。
※サポートは日本国内のみとさせていただきます。
※Japanese text only

Printed in Japan　ISBN 978-4-04-114469-5　C0193

★ご意見、ご感想をお送りください★
〒102-8177 東京都千代田区富士見2-13-3
株式会社KADOKAWA　角川スニーカー文庫編集部気付
「脇岡こなつ」先生「magako」先生